少年曾

与困扰的生活猛烈碰撞

杜修琪 著

Beijing United Publishing Co.,Ltd.
北京联合出版公司

小林听见脑子里嗡嗡作响。他瘫坐在床上，头隐隐地痛。他迷迷糊糊地觉得，自己走在湿软的迷雾里，一脚踏空，下面是一地鸡毛，还有烟消云散的天空。

——《一切坚固的都将烟消云散》

我只是热爱山川穿过耳坠的风，喜欢冰雪和骄阳下蝼蚁般的路人，我渴望从熟悉的环境消失，渴望离开我爱的人。我在十九岁的开头发现了自己的天赋，我唯一擅长的东西就是不顾一切。

当我抛弃所有的时候，我变得极为放松。我抛弃所有的一切，最好是在世界的尽头。

——《我唯一擅长的就是不顾一切》

接下来的每节课，他都像这样大声接话，抢答，互动。是他们那里高中的风俗就这样吗？还是他父母叮嘱，要应和老师？不知道。我看着他在寂静的教室里响亮地应着，像豌豆射手一样，独自狙击着压制着僵尸。一遍又一遍。

——《豌豆射手》

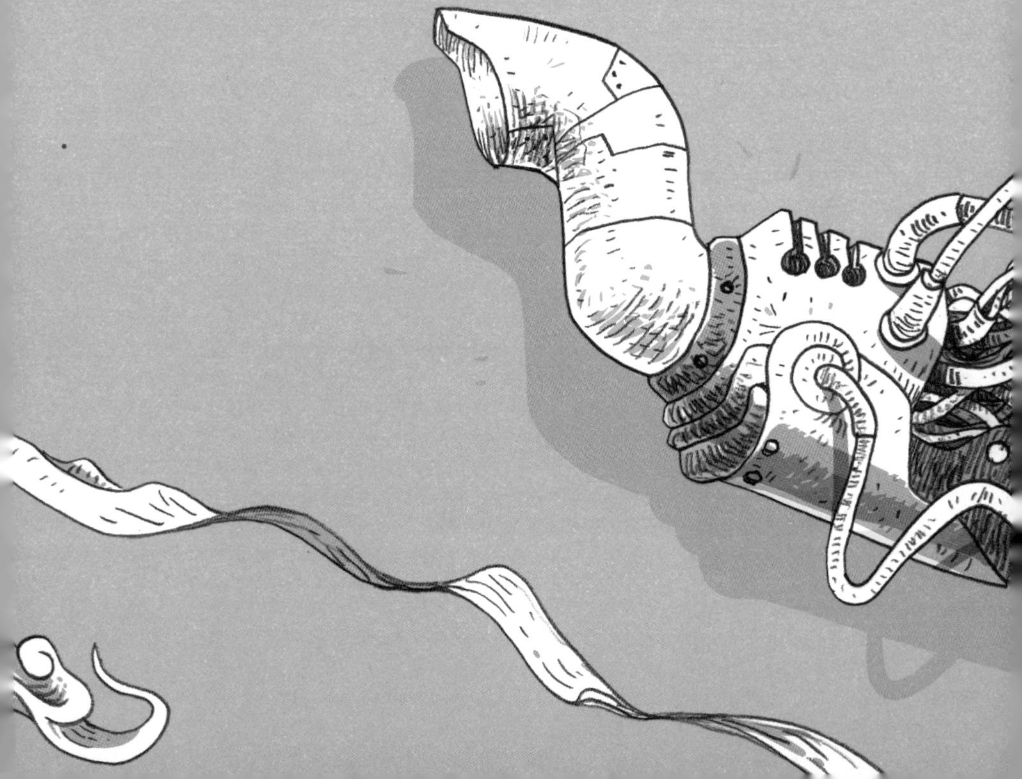

我看着他的背影，一阵荒谬感涌上来。是啊，我们都在这巨大的荒谬下生活，却都尽力地若无其事。没有人能永远保持真诚的追问，就算是最纯血的文艺青年，那个割草机一样清爽的少年。

——《文艺青年贝贝》

我终于发现我弄混了勇敢和生猛，错把初中的曹哥认为是勇敢的偶像。错了，生猛是未经历过事情时的执拗，勇敢才是战胜懦弱后拥有的自信。

——《曹哥》

人有很多隐秘的密码，它们像是动物性情的遗存。比如，渴望有人做自己的首领，像狮群期待雄狮那样，随着人们的生命被文明接管，这种渴望被“独立”“自由”等理论所训诫，让这密码扭曲，变得不再直接。我如此相信这一点，是因为我少年时代就体验过它，我当时真诚地觉得，杨梦就是我们的雄狮，他应该享有最鲜美的食物，享有最多的女人，他应该带领我们和别的狮群厮杀，这是头狮的宿命。

——《The Lion》

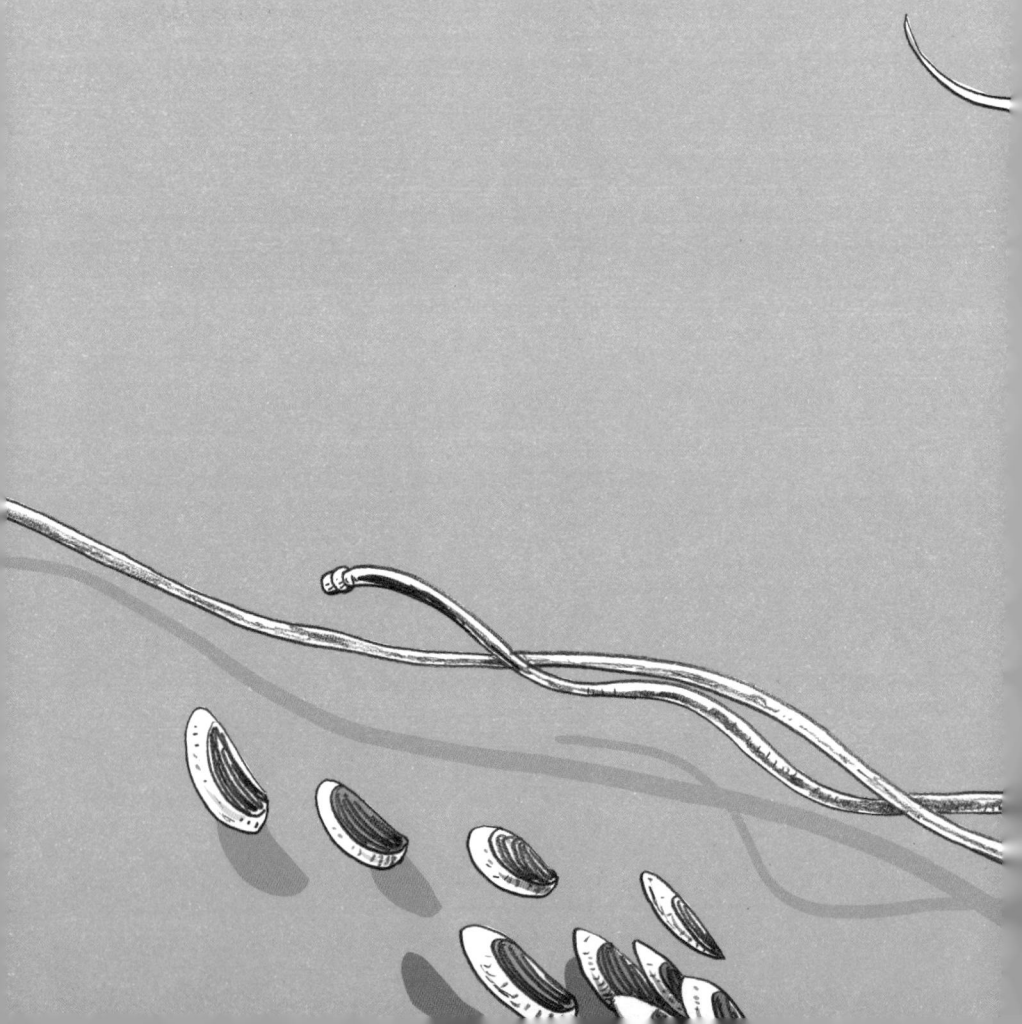

人们不理解阿孔，其实他根本不喜欢品学兼优的刻板印象。大学的同学也不太明白，为什么阿孔有时候那么板着面孔，有时候又躁动得像是音乐会现场的摇滚歌手。只有我知道，那是他的一种选择，一种他认为体面的青春方式。没有谁对此有充足的经验，它像是一个反预设的命题，你只能在选择之后评价是否值得，而不是相反。

——《猪饲料之夜》

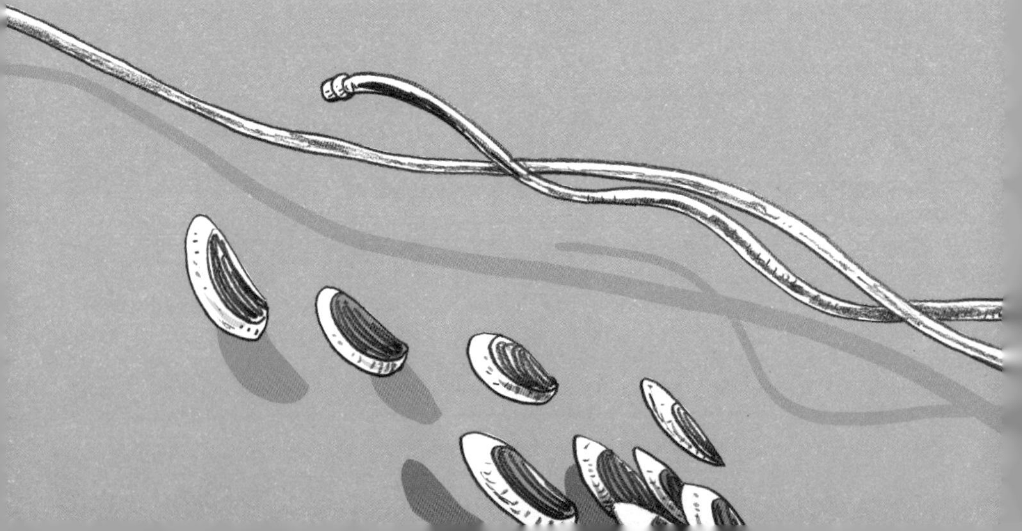

城市里独生子女的青春，

看起来五光十色，

实际上千篇一律：

成长时圈养在冷冰冰的防盗门后面，

长大了，

挤在地铁和写字楼的人群中。

各界推荐

我见过太多的年轻人，他们写东西时就照着鲁迅、贾平凹、郭敬明，写他们不曾见过的愤怒、伤痕、轻浮。但杜修琪这本书绝不是乡土文学或者橱窗文学，它是一本真正的、属于年轻人的城市文学。杜修琪就是我们的凯鲁亚克。

陈楚汉
自由撰稿人

从一开始，杜修琪的写作就在媒体之外，这种自由令人羡慕。但他选择的题材却又是很“媒体”的，目光瞄准现实，他描述的那些人物和故事，都走不出这个时代。

谢　丁
正午主编

一切关于意义的解读都烟消云散了，但这里有故事，虚构的和非虚构的，坚固的和柔软的。
这家伙什么都写，他笔下什么都有趣，有趣的细节都平常，平常的人物却动人。
最喜欢的故事是那些少年，有着一些“无用”的烦恼，以各自的方式想要留下一点“敢作敢为”的痕迹，但总也免不了告别。别了青春，别了朋友，别了雄狮。

侯思铭
网易 · 人间编辑

我大约是最早读到这些故事的人了，这些故事的影子勾勒起我们的年轻和牛 X。或许，这些故事你很羡慕；或许，他们就在你身边。
什么？我当然知道这些故事主人公的现实原型是谁了，但我并不会告诉你。

岳家琛
南方周末记者

序
言

真实和幻想之间

将近一年之前，我从“夜航船”开始读到杜修琪的文章，后来逐渐读得越来越多。我把他的文章分成两类，一类是很硬的真实报道，另外一类则是故事。这本书里面收录的是后一种——故事。我也偶尔写一些故事，深知在有限的篇幅内构建一个世界，讲出一个完整故事的难度不低，而这本书的每一篇，都做到了这一点。

我也知道，对于一个写故事的作者来说，最难以回答的两个问题是“这是真的还是假的”和“后来怎么样了”。读着他的故事，我总是想去问这两个问题，当然最终我还是忍住了没真的去问。他讲的故事总是从一个人们熟悉的场景开始，比如东四环某处、大理的一间客栈、不知名城市的酒吧，甚至你住过的那种大学宿舍。之后，熟悉的场景之下快速变得魔幻，一个个出乎意料的故事冒了出来。那些人和那些故事，一方面让人觉得非常真实，因为你的真实生活中一定遇到过这些人，另外一方面又觉得太匪夷所思，这肯定不会是自己经历过的事件。这是一种非常有趣的阅读体验，现实和幻想混合在一起，从真实到荒谬，就在一念之间。我的年龄已经太大了，那些中学时候、大学时候甚至毕业之后开始工作时候的青春岁月已经有些模糊了，读着这些故事，回想着我遇到过的形形色色的人，开始逐渐回味起对应时间点的心情，回想起那些孤独又无处宣泄的时刻……我相信每个人读这些故事的时候，都会有自己的体验，因为每个人都经历了独一无二的生活，我有我的荒谬，你也有你的。这样的故事，就是通向你的过去或者未来某一刻的桥梁。

在某一些故事里面，你可能会轻松找到一些和自己生命中某一片段非常相似的人物，甚至觉得了解他们。比如《消失的水手》，整篇故事完全没出现的那个角色小宁，他让我颇有共鸣。年轻的时候，谁都想做一些疯狂的事情，只是最终会因为各种原因停下来。如果没有停下来，大概也就是那样的。我似乎能感受到他的生活和他的心情，看着他悄悄收拾着行李做着准备，在某一天突然出发，和当下的一切默默地说声再见，之后再无音信。关于消失的故事这本书里还有好几个，抛开一切消失是一种令人神往的感觉，在现代的这种大城市里面，人被生活所困，一方面幻想着离开，另一方面又明白这几乎是不可能做到的，于是，只能在故事里面体验这种触动了。

除了故事本身，我非常喜欢杜修琪文字的成熟和稳定。这意味着他丢过来的东西可以放心读下去，不会令人失望。这有点像一个老朋友，晚上闲来无事，大家凑到一起聊天，一人一瓶淡啤酒，也不用着急干杯，毫无负担，也无压力，更不急促，时间多得是，大家都很放松。于是一边喝着酒，一边听他慢慢讲一个故事。那是你熟悉的节奏和你熟悉的起点，他带你逐渐从熟悉的真实世界进入用想象力构筑的世界，但突然之间一切都消失了，你回到了现实世界，啤酒还剩下最后半杯，于是一口干掉，留下微微的醉意，收场。

霍炬

最有侠气的程序员

歪理邪说公众号创始人

自序

春天，十万个类人猿

十五岁那年，我第一次吻了初恋的嘴唇。老实说，没感到电光火石、红唇若火，倒是一个念头记得真切：原来，两个人的鼻子可以错开啊！

真的，鼻子问题困扰我很久了。之前，我躺在宿舍的硬板床上，无数次模拟过接吻的细节，鼻子永远是绕不开的疑惑：要鼻尖对鼻尖吗？会不会挤压到？那要不要撅下巴，把鼻子空出来？

同样困扰的还有拥抱时候乳房怎么办，牵手该不该顺拐……那时候，我从没有牵过女孩的手，也没搂过女孩的腰，就算每天将近十个小时挤在教室，前桌后桌同桌的距离不超过五十厘米，一周下来，我和同龄女性的身体接触都不超过十次。绝大多数还是："哎，你的橡皮／发卡／圆珠笔／掉了……"

更多的接触都发生在深夜的幻想里。我太了解男生寝室的话题了，一群偶然碰到女孩的手就兴奋不已的半大小子，会殚精竭虑地讨论拥抱、接吻、抚摸的每一个流程。我对鼻子的困惑就产生于这里，寝室六个人讨论了很多次，都没对鼻子产生共识。每次都各抒己见，唾沫横飞，红光满面。现在回想起来，

这就像一次集体的性幻想，几乎零成本地纾解了丰沛的荷尔蒙。

很多人回忆少年时代，会说当时的感情“纯真”“懵懂”“青涩”“粉红色的美好”，每次看到这些，我都怀疑他们不太老实。怎么可能嘛，我回头望过去，身边是一群手脚僵硬、言语磕巴，对异性的所有知识来源于偶像剧、武侠剧，现实中零接触的类人猿。当然也有可能我太狭隘，以类人猿之心度君子之腹，他们都生活在五颜六色的青春里，而我真的只有枯燥和单调。

单调啊，除了吃饭、KTV、网吧，没有见面方式。城市里独生子女的青春，看起来五光十色，实际上千篇一律：成长时圈养在冷冰冰的防盗门后面，长大了，挤在地铁和写字楼的人群中。

所以回想起高中、大学的恋人，我只有歉意，用任何糟糕的形容词来说我都不过分。我既兴奋，又畏缩，想要表达对人的亲密，却偏偏从没有亲密的经验。后来到了大学，又工作，每每和同龄人聊起恋爱过程，多数都有同样的感受。那时候我们正处在成为社会人的前夜，真是不好意思，让最珍贵的真心，碰到了类人猿的自己。

二十四岁这年，我花了四个多月时间写这本书。十三个小故事，要么是我羞于提起的影子，要么有我曾钦佩的力量，我将这本书视作一次告别，我老老实实地将那个类人猿展示出来，它可能是小白，可能是小林，可能是渐渐远离少年的我和你。我相信没有人像我这么实在地告诉你，普遍贫瘠的中学，几乎没有体面、自如的交往，这就是我们生长的环境，这就是我们实际拥有的青春，没必要掩饰。

勇气不是鲁莽，勇气是承认了失败和平庸之后，迸出的一丝丝动力。

大学组织观影会，看苏菲·玛索《初吻》。那是我第一次看到苏菲·玛索，但对她印象并不深，我最关注的都是片中少年们丰富的交流方法：溜冰，舞厅，派对，家长们的汽车排起长龙，等待接回第一次跳舞的儿女；宽阔的房间，空闲的车库，无限组合，无数可能，一切如此平凡，自然。

当时我就对自己说，这是我想要的青春，我失去了同样年纪的机会，但我愿意用所有的气力，去追逐余下生命里美好的方式。

杜修琪

2016年9月30日

目录

CONTENTS

壹

出角

贰

磨锐

叁 缠斗

肆 重生

摄影师：芊羽

壹

One

|出角|

没用。
越来越多的过去展示给他，
让他浇筑起亏欠的高楼。
与前女友的藕断丝连，
对小何爱好的电视节目冷嘲热讽，
无限的不信任和猜忌，
自己的平庸和不争气，
一切都突然笼罩了他。
他像是被套了一层塑料膜，
蹲在大雨中，
水滴噼啪作响，
闷闷地滴落在耳朵旁边。
本来，
他全身干燥，
却一瞬间滂沱。
不是因为暴雨，
而是因为眼泪。

一切
坚固的
都将烟消云散

一

小林咬着右手的指甲，竹节虫一样戳在酒吧前台的高凳上。他紧紧盯着面前的十二瓶青岛啤酒，说实话，这是嘈杂的环境中他唯一打过交道的东西。

他其实并没有想点啤酒。刚进酒吧，他就误入舞池，矗立了半天才看到吧台。鼓起勇气问酒保点酒，却没有收到酒水单，而是一连串令人困惑的名词。

音乐烦嚣，人声混乱，他的耳朵奋力抓住了唯一听懂的那个：青岛啤酒。

就它了。

“一打？”

“一打。”

小林哭笑不得地看着摆成一排的小瓶啤酒，想起高中第一次去麦当劳，他问服务员：“你好，我想要一份全家桶。”结果服务员直视前方，骄傲地回答：“对不起，麦当劳不卖全家桶。”

他恨恨地啐了一口唾沫：

“妈了个 ×，这么多年过去，服务员还他妈一个德行！”

这是小林第一次来夜店。平时朋友聚首，吃饭、唱歌、上网，他都参与，唯独要去酒吧，他总装作有事儿要忙：

“今天导师 / 老板找我有事儿，不得不走哈。”

“这两天发炎，吃了先锋，你们玩好。”

第二天，上班、上学，朋友们说起昨天酒吧的经历，久了，虽然没去过，规矩也能懂个大概。只是细节处还很含混，像点酒，有朋友说和餐馆一样，坐在座位上，服务员主动递酒单；但也有朋友说像麦当劳，自己到前台点，看着调酒师调好，取走。

小林就有些搞不清楚了，他琢磨，还是坐着好，站着等露怯，不自在。但又想，也没什么，真露了怯，就当是补学费。

现在，看着邻座花花绿绿的酒水，眼前的十二瓶啤酒真实得令小林不安。直到摆到面前，小林才反应过来一打是什么意思。太傻了，他想，再来一把串，戴上大金链子小金表，才符合这场景。

本来，他需要的是另一种场景，他要用一个新鲜的刺激给自己壮胆。这也是他今晚一定要来凑午夜的热闹，一定要点酒的原因。

他是来出轨的。

坦白说，他心里没底。这是他第一次约陌生人，他不清楚对方的情况，只是用社交软件仓促发了消息，从可怜的两个回复中，挑选了头像好看的那个，聊天。

酒吧里气氛暧昧，但小林完全没感到一点出轨的刺激。他没听到心脏的怦动，也没有探头探脑的惴惴。没必要，因为他的这次约炮，女朋友小何完全知道。同时他也知道小何正在和别人约会。所以，无论怎么定义，这都算不上偷情。这是一次双方商量好的背叛，一次预约的出轨。

小林抿了一口啤酒，晃了晃脑袋。他眼看着自己负气、冲动、咬着牙，将自己推向了现在的场景。没有预期的刺激，他根本没在乎即将来的炮友是谁，只是不安，不管他愿不愿意承认，他还一直想着女朋友小何，还在猜测她。

她能找谁呢？

难道是坦桑尼亚男人？坦桑尼亚男人并非来自非洲，而是贵州，小何的大学同学，只是皮肤黝黑，说话略带口音，被小林戏称为坦桑尼亚人。大学时候，坦桑尼亚男人曾热烈追求过小何，小何蜻蜓点水地接触，并没有实质进展。之后，小何来到北京，和小林交往，没想到和同样北上工作的坦桑尼亚男人住在一个小区。

小林已经两次在小区门口看到坦桑尼亚人开车送小何回家了。小林问过一次，小何很轻松，说是顺路，要不然还能怎样？小林也就不再讨没趣，显得自己猜忌。但不时，家里多了一斤水果，添了新的鲜花，小林都知道，其实是坦桑尼亚人来过。对门的老王早知会过他，可是同学串门，坐坐就走，也不好说什么。

如果是坦桑尼亚男人，小林叹了一口气，顿时没了喝酒的兴致。

或者，是小何的同事，注重打扮，精致得不像中国男人的大徐？小林倒吸了一口气。半年前，他不经意听到小何给她的闺密打电话，悄声说：“今天大徐看了我一眼，我居然害羞到脸红欸。”他心骤地一紧，犹豫了一会儿，没有再凑近去听，也没提过这茬儿。

同事自然经常聚餐、外出，从那次偷听之后，小林总是旁敲侧击，探寻聚会里有没有大徐。没有，他松一口气；有，他就忍不住去翻小何的社交账号。平时，小林就很少直接问小何“你在哪儿？”“几点回来？”，怕显得小气。要是知道和大徐一起，他更不会主动发消息，虽然心里已经焦躁得冒烟。他的办法是，隔一阵子就机械地刷新她的饭否、朋友圈、INS，猜她在做什么。

她每发一个新状态，他都觉得别扭，没有新消息，更是忐忑难安。

和大徐？小林苦笑一声，却并不难过。鬼鬼祟祟的猜忌，早就耗够了心力，使得自己都看不上自己了。如果坐实了，反而麻木得无所谓。

“妈了个 ×，去吧，无所谓。”

他顿时欣赏起这种麻木来，不错，至少看着够大度，赚回了一点尊严。

突然，手机震了一下，小林收了收神——是她，约的炮友。和之前一样，消息很简单：

“我到了，你在哪儿？”

小林摸了摸自己的衣领，咽一口唾沫下去。回复：

“到了哈。吧台靠门一侧，紫色衬衫。”

小林这才有点兴奋，他很久没有如此期待，又如此害怕过一件事情了。过了一会儿，还没有人来，他疑惑起来，搭错了人？还是见我太矬，转身走了？

他拿起手机，想了一下，写道：

“宝贝儿，都到地方了，不来……”

还没打完，小林的胳膊肘被碰了一下，来了。

小林向右侧转头，先看见发胶塑造的齐刷刷的背头，往下，绿色条纹的背心、粉色的女式包、白色的紧身裤、尖头皮鞋。

可是，胸为何如此平？简直比小何差远了。小林鼓起勇气，直视来人，辨认了十秒钟，终于意识到一个重要的问题：这是个男人。

“我……啊？？？”

那人却不介意小林的突兀，放下包，笑着扫了一眼小林的啤酒堆，坐下说：

“慌什么，聊聊呗。”

二

小何是小林的第三个女朋友，小林却是小何的第一个男朋友。也就是说：初恋。

起初，小何并没有介意这些。她一直觉得，感情一定是专一的，虽然她也想过，遇到她之前，自己爱的人要像白纸一样。但这也只是理想，她明白，可遇不可求。所以可以折中。

她从小到大要好的闺密，如今都工作在陌生的城市，约会、约炮成为常事。她们给小何讲述兴奋的经历，小何听了，笑了，羡慕了，却并没动过心思。“年轻人多尝试”，小何自然也知道，但选择专一，就要付出真心和真情，树木和森林不可得兼，小何选择前者。

然而，和小林住在一起久了，她开始感到变化。朝九晚五，两人像田埂间打照面，四目相瞪的青蛙。她渐渐觉得麻木，没意思。

就这样一直和他待下去吗？可是分明感受不到激情。如果没有新鲜感，为什么要吊在一棵树上呢？而且小林有过三段恋爱，自己只拥有一次，长远看来，这样就是终点了吗？一生的恋爱就这么托付了吗？

更令她难堪和难过的在于……他们的性生活不令人满意。

和小林这么久，她从来没有高潮过。开始，她以为是自己没经验，忍过最初的疼痛感就会好。半年过去，一点改变没有。疼，无聊，她学会了手绕过小林的脖子，假装拥抱，刷起微博。

也不是没尝试过改变。偶尔，她忍不住暗示他应该怎样，小林这才反应过来她并不舒服，很不好意思。

“哎呀，这个，这个，你得教教我。”

她叹口气，抓着他的手，探索一次。小林开始记得，让小何舒坦了一点，两三次后又忘了，回到最鲁莽的姿势。

小何非常难过，更生气，不是交过两个女朋友吗？为什么技术还这么糟糕？或者她们比自己更有天赋，或者他更愿意为她们付出？

有两次朋友聚会，她实在忍不住，抱怨过。朋友们安慰她，小何才知道大家都有苦衷。男朋友时间太短最常见了，有的总暗示用奇怪的姿势，有的偏好太变态，她听了脸红。一些女孩儿的嗜好更令她惊讶：做的时候喜欢性别互换的角色扮演、捆绑受虐，结果男朋友不能接受。搞得小何很不好意思，辩解道：

“其实小林身体挺好的，也没别的嗜好，就是技术差点。”

这下轮到朋友们不好意思了。原来以为同病相怜，结果人家只是小打小闹，身体好，技术不好，就算不错了。当然这也很令人烦恼，不过身体是革命的本钱，技术，可以培养嘛。

几次之后，朋友们看她仍旧苦恼，都有点慌，也有点不耐烦，鼓励她换一种思路。何必吊死在一棵树上？和小何分享过约炮经验，生活作风最彪悍的同事阿莹，是小何和小林共同的朋友。她是小何的学姐，小何来这个公司上班，也是由于阿莹的推荐。阿莹很诚恳，抓住小何的手，柔声地说：

“这样，我去教育教育小林，打包票，调教好他的技术，再送还给你，怎么样？”

大家都笑，说主意棒极了，小何也笑，不说话。

除了技术不行，小林还有一点令小何不舒服，有几次小何起夜，撞见小林正在阳台翻自己手机。最初，她不介意，还过去拍小林肩膀，说：

“大大方方看嘛。爱人应该赤诚相见，我不隐瞒。”

搞得小林很尴尬。放下手机，像苍蝇一样搓着手，抱歉地说：“没，我只是帮你升级下系统，你别多想。”

后来，再碰到，小何自己也烦了。而且她发现小林非常猜忌，平时，小何喜欢开玩笑，给异性发信息时加一句“摸摸”“亲爱的”，第二天起来，小林脸色都很难看。

再后来，小何就给手机设了密码。小林像吃了活鹌鹑，却不好说什么，装作生气一段时间，零星旁敲侧击，小何并不理他。

小何设密码不只是嫌被翻手机，而是她也有了钟意的对象——大徐。因为同属市场部门，小何和大徐尤其亲近，时常一同出差，小何比其他人有了更多和大徐单独在一起的机会。虽然，她觉得自己并不会有什么问题，但还是不想让小林知道。

本来，小何最难以想象怎么可以同时喜欢上两个人，但现在她发现自己开始理解了。她偶尔动摇了念头，觉得自己的那套想法——真情、真意、唯一，是不是只是中二的表现？是不是时代不一样了，真情并不一定要拧在一个人身上？而且她只谈过一次恋爱，青春不等人，等她老了，回顾过去，万一后悔怎么办？

想想阿莹，小何心尖儿颤了一颤。好酷的生活！按伴侣的国籍，阿莹都快集齐五大洲了，聊天时，阿莹不经意地说起“那年，在阿姆斯特丹”“那年，偶遇的白人少年”，小何都不敢眨眼，看着阿莹，想说点什么，又怕真说出了什么。

又想起小何每次的鲁莽，她气不打一处来。她尽心了，却看不出小林为此做出的努力，这不公平。不公平的心里没法不产生想法。

何况，大徐实在太迷人了，女同事私下里都议论他。公司的人一起去外国人酒吧，去使馆餐厅，所有人都手足无措，每次都是大徐，一口流利的英语，安排所有人入座，体贴地替每个人讲解菜单，用不易察觉的方式教他们怎样体面地应付。

那天，小何和大徐第二天又要出差，她有点控制不住自己，就向阿莹倾诉：

“今天大徐看了我一眼，我居然害羞到脸红嗳。”

小林就是听到了这句，心里发紧，走了。其实，他应该全部听完。

阿莹告诉小何，别想了，这不是说大徐看不上小何，而是说大徐根本就不行。阿莹试过，她不让小何试，不是因为她想独吞，而是有一次好不容易将大徐灌醉，宽衣解带之后，发现大徐根本没有反应，那地方一直软塌塌的。

原来，大徐已经“失衡”很多年了，怪不得之前怎么暗示他出来“玩”，他都不敢痛快答应。

小何很惊讶，大徐居然……不行？但她观察到自己心里居然有点高兴。高兴的是，她不必再纠结了。一个矛盾解除，心绪又平稳起来。也好。

第二天，小何坐在飞机上，看着邻座的大徐，眼睛里布满了慈母般的怜悯。此后，更坦然地和大徐亲近，惹得小林孤独地坐在家里，不停地刷她的消息。

至于坦桑尼亚黑人，小何并没有什么好感。他偶尔来家做客，顺路送小何回家，小何根本没放在心上。和他接触，只是小何解闷的方式。谈恋爱之后，之前联络的男生约出去玩的次数都少了，同事们接触，摸到她有男朋友的信息，也会收敛一些。她自己也不自觉地注意言行，不想给谁留下可以交往的印象。

可是恋爱根本没有容纳她预备好的精力，何况，小林又是那样平淡。她寻机会和坦桑尼亚黑人接触，只是感受到炽热的劲头，能回想起大学了无牵挂的自由。小林的嫉妒她看在眼里，却懒得辩解，气吧，正好刺激你。

这种刺激在周五达到了顶峰。刺激大了，出事了。

三

周五，小何和小林一般会一起去看电影，但她说加班，小林一个人在家吃了饭，到八点，电影看不成了。

小林心里不舒服。电影看不成，周末怕也会不好过。看电影不仅仅是两小时的事儿，事前挑片子，事后回顾情节，哪里拍得好，哪里拍得不好，有很多话题聊。现在最缺的就是聊天的话题。于是他出门散步，觉得走走心情能好。

可是散步反而散得心情更糟了，他刚拐出小区，就看到小何坐在坦桑尼亚黑人的车里。又送她回家？她真的加班吗？小林咬着嘴唇，故意关了手机，继续散步。隔了半小时，开机，看到两通未接来电，稍微好受了一些，又关机，继续走。

九点半，他回家。小何正在看电视，抬头看他。他走过去，撒谎说手机没电，散步去了，你加班回来啦？小何说嗯，看了看他，继续看电视。电视正演着宫廷戏，一只皇阿玛，两只格格，四只贝勒，换来换去。小林心里腾起一股火苗，默默地骂：

“看看看，看你妈了个 ×，迟早拿针扎了你们！”

十二点，小何累了，洗了澡躺在床上。小林也躺下。小何背对着他，过一会儿，他心里不平衡，把小何翻了过来，脱了睡衣，压了上去。

“又来。”小何心里说。

她几乎不用怎么想，就知道他的每一步动作。她有点累，但是也不至于完全没有欲望，可是有欲望又怎样？折腾一番，还不是老样子。她小声叹了口气，随他吧。

小林很努力地做功。二十分钟，忽地汗水落下来，顺势趴下。

小何推开他，去洗澡。刚才入港时，还是会疼，她忍不住皱眉，死直男，一年多了，丁点儿长进都没有。

有时候，她淋浴时会用喷头帮自己舒坦一下。小林当然听不出来，洗澡时间长点，出来时他都呼呼睡了。但今天她没心情，其实下午早就下了班，约了坦桑尼亚黑人还有两个朋友开卡丁车，累了。

她套起头发，冲了一下，发现沐浴液用完了。放着喷头没关，走到卧室去找沐浴液。刚进屋，就看到小林坐在床上，侧着身子，翻她的手机。她脑子“嗡”的一声。

“你在干什么？”小何平静地问。

小林猛一抬头，心里一惊。原来小林知道密码。他又不傻，上周逮到机会，侧身看小何解锁，不吱声，记住了。刚才翻着，他正在气头上，×，小何瞒着我，居然去开卡丁车？！和那个黑家伙！上次邀请她去昆明湖划船，她都拒绝了，偏偏可以答应他？

可现在看到赤裸着、滴着水的小何，一万匹马在脑海奔腾而过，小林一下子矮了三分，嗫嚅了一下。小何反而直视小林的眼睛，嘲讽说：

“你很擅长看手机吗？”

小林倏地飙起火来。还嘲讽我？！你自己做了什么？他回过头，看着小何：

“你他妈根本没加班，你骗我！”

小何没什么反应，笑了笑，那意思小林很熟悉，她在心里犟上劲儿了，可是今天他不想给她台阶下。他又说：

“纠缠不清的，你牛 × 啊。”

小何还是没说话。她擦了擦身子，坐到沙发上，眼睛看着窗外。小林也不说话了。他想，这就是坐实了。可是仍忍不住疑惑，他们到了什么地步？顿了一阵，又试探一句：

“和黑家伙一起很爽吗？”

小何扭过头，怔怔地看着他。她很失望，她的初恋，自己如此真心对待，从没有出过轨，也没有和另一个男人亲近过，居然被这么羞辱地责问。

往日的不满都叠加上来，想起去年邻居半夜装修，小何第二天要早起，又生病，小林却只劝小何忍让；他工资这么少，还不知上进，趣味匮乏，自己都没有察觉，他和大徐差得太远了，哪怕坦桑尼亚黑人，都知道开个车送自己下班，他能做什么？

这样的生活一望无际，她害怕自己没得到任何日常的幸福，却陷入庸常的节奏中。小何难过极了，她听见自己心里的抱怨汩汩流出，她不想忍了。

“爽啊，当然，哪像和你，换谁都比你强。别自以为是了，和你上床，我从来没有过快感。”

小林脸上青一阵紫一阵。弯儿拐得太陡，他反应了好一会儿才明白。本来正试探她出轨没有，却得到了自己能力不行的答案，一铁锹下去，爆发了两座火山。

他被自己的羞耻点燃了，原来自己吭哧吭哧，以为得到了生命的大和谐，现在看全都是自取其辱。

“好啊，我不行。你以为你行吗？你以为你经验丰富吗？”

小何知道他在说什么。“是，我是初恋，我是稚嫩，可怎么样？凭什么拿之前交女朋友的经历羞辱我？值得夸耀吗？”

没有人再想着递软话过去，其实，谁也不能驾驭这份爆烈的情绪。无论是蓄积已久的嫉妒，还是隐秘真切的欲望，它们都推着对话走向荒唐的路径。

他们完了。

最终，小林疲惫地提议，那么周末分开好了。预约一次出轨，谁也别管对方，也别理会。不是技术不行吗？我去学习，不是能力不行吗？你去寻找能力好的吧。

小何同意了。她看着小林收拾好，背着挎包走出家门。她坐在房间里，听到浴室的淋浴水滴奋力砸在地面上。她不去想小林为什么提出这个想法，也不想他究竟去找谁。她本来想用心坚持的初恋，为什么变成这样？

一个小时过去，小何平静下来。她起身，从书桌里翻出一张卡片，拿出手机，照着上面打了过去，居然通了。

“喂，哎，你好，明天下午有时间吗……”

四

周日晚，小林坐在宾馆的床上。酒精还未消散，脑子像果冻一样，成块地晃动，隐隐作痛。

他想起来昨天那个人帮他点的酒水，带着他去舞池里第一次挥舞双臂。新鲜感密集冲击，小林激动起来，他感到自己其实是一个年轻人啊。他想起无数的命令句，一条条涌向他：年轻人，多去尝试，遵循你的渴望，失去的只有枷锁。

他确实就这么做了。

今天他也约了人。约好另一个宾馆，九点半见面。关键是，是女人，这次不会再出错。小林提前到，坐下来，又拿出手机刷消息。他一整天没有给小何发信息，因为她也一整天没有理他，也没有更新社交账号。

无所谓，他想。又想了一会儿，笑了，无所谓，去你妈的。

他约的人小何和他都熟，约了她，也并不一定要搞在一起，他其实还想打探、询问，或者说，求助，他想有人告诉他应该怎么办。当然，来一发也不排斥。

九点四十分，敲门声。小林心怦怦直跳，打开门，阿莹熟悉地拍了他胸口一掌，热烈地招呼：

“傻啊你，挡住门口都不让我进？渴死啦。”

说罢，径自走进房间。阿莹总是这样，举重若轻，不给人增加负担，哪怕在偷闺密男友的节骨眼上。小林讪讪地跟着，自嘲，是啊，自己真蠢，干吗紧张成这样？

他昨天约阿莹，话没说太露，阿莹很痛快地就答应了。阿莹究竟是个经验丰富的人，经验丰富，就是说明白许多关系归根到底就那么点事儿。何况她一直喜欢优柔寡断的男生，就像中年男人总喜欢会害羞的女生。作为老手，她对这种稚嫩很少能抵抗得了。

阿莹觉得自己也是好心。小何说过，小林身体还好，技术不行，她为此很苦恼。这正是阿莹擅长的，小何也是没见识，不好开口，有什么难的？她和小何说，帮助调教调教，并不是一句玩笑话。这样的事情阿莹仗义出手多次了，只要没有被捅破，大家都开心。她也乐在其中。

她觉得许多事情都是自寻烦恼。年轻人嘛，许多事情不应该想得太重。她特别喜欢一个科幻作家的名言：“永远，不要让你的道德感，阻止你做正确的事儿。”太对了。

不要让道德感阻止正确的事儿，她现在就要做正确的事儿。

小林下楼买水上来，呼哧呼哧跑到床前，却没看见阿莹。他这才听到洗浴间淅淅沥沥的水声，不自觉地盯着看。酒店浴室是半透明的毛玻璃，洗澡时，一块一块被水打湿，打湿的部分像普通玻璃一样透明。

他看到阿莹婀娜的身体，被马赛克一样分成多块。他看到阿莹的指尖划过丰满的上身，荡起五毫米振幅的肉色的颤悠。阿莹一甩头，他从头发根到后脑勺都哆嗦了一次。很快，下身就支起了帐篷。这时水声停止，他赶紧坐下，跷起二郎腿，掩盖住裤裆。

他发现自己心里发慌。怦怦怦，他看到阿莹从浴室走出，怦怦怦，他想起小何瘦弱的样子，怦怦怦，他摸到自己灵魂的快感和刺激，蓦地，他心里一酸，这种快感通常都绑定在另一个人身上，一刺激，都绕不开地想到她。小林完全控制不了思绪，阿莹的身影模糊，他的思绪飞到了小何那一边：

她得到了我没给过的快活吗？她正在约的是谁？她在毛玻璃一边洗浴吗？看她的那个人会不会掩饰自己下身的帐篷？

“× 你妈的，你给我老实点。”他突然说。

“什么？”阿莹擦着头发，困惑地问。

小林这才缓过神，原来他在说话。他笑笑，摇摇头，阿莹也就没顾他，继续拾掇自己。

他看着阿莹熟练地从挎包里摆弄出瓶罐，很精致的小包装，尽是些他没见过的牌子，很贵吧。小何从来没有用过这样的化妆品，他想。

他记起一次在商场，在一家日本牌子的日用品商店里，小何看中了一款卸妆水，左试右试，找同样功能，找不同容量，不厌其烦地比价，最终挑了容量大、价格低的款。他早就不耐烦了，抓起瓶子就去付款，小何跟在旁边，讨好地笑，还想说说自己的挑选多么划算，他不理，留下小何一个人噘着嘴站着。

物质上的亏欠都涌上来了。去年五一，所有人都出去玩。小林大学时经常穷游，刚工作，习惯还没拧过劲儿，为了省钱，小何跟着他每天吃五顿小吃，从没有正餐。她不高兴，坐在路边，看到朋友圈里阿莹她们吃烤鱼，去酒吧喝酒，嗫嚅着向小林抱怨。小林不屑地笑，没管。

抑制不住了，为什么现在跑来袭击他的都是愧疚、憎恶呢？小何说自己不行，小何和大徐眉来眼去，小何和坦桑尼亚黑人混在一起！

没用。越来越多的过去展示给他，让他浇筑起亏欠的高楼。与前女友的藕断丝连，对小何爱好的电视节目冷嘲热讽，无限的不信任和猜忌，自己的平庸和不争气，一切都突然笼罩了他。他像是被套了一层塑料膜，蹲在大雨中，水滴噼啪作响，闷闷地滴落在耳朵旁边。本来，他全身干燥，却一瞬间滂沱。不是因为暴雨，而是因为眼泪。

阿莹看到小林头低垂着，猜到了他的犹疑。她洗了一条热毛巾，贴过去，半蹲在他的面前。小林双手捧起阿莹的头发，湿漉漉的，他的眼睛也湿漉漉的，对她说：

“小何，对不起。”

他隐约知道这其实是阿莹，但脱口而出的还是小何的名字。没办法，他生活里少数曾有的柔情，都单线系在这个名字背后了。路径依赖。

阿莹心里一紧，她还没碰到过如此脆弱的偷情的家伙。她边双手摩挲小林的腰，摩挲小林的腿，边说：

“小林，没事儿，姐姐陪你，没事儿，姐姐在这儿。”

小林忽然感到自己被亲吻着，衣服像疲惫的盔甲，被阿莹轻轻解开、褪掉。再低头，阿莹正用热毛巾擦拭着他，从上到下，无一遗漏。

小林从没有被这样对待过。一股快意从脊椎上升，驱走了他的薄膜。

他们暂时忘记了彼此的境遇，做起了正确的、快活的事情。

五

周一，下午三点。小林拖着身子走回家。他错过了和小何约定的中午相见的时间，他睡过了。他也错过了上班，没有请假地错过。不过现在都不重要了，他正一步一步拖着脚往家走，精疲力竭，头脑空空。

不，也不完全是空的。还有一丝疑虑，驱之不去。

小何在家吗？

她会怎么想呢？

会看到别的男人在屋里吗？

他想着，走着，到了单元门口。上楼，发现门前被打扫过一次，之前放置在楼道的物品都被收拾起来了。

“居然还记得这些，”他想，“难道周末没出门？”

一阵窃喜，开门。一瞬间，他惊呆在门口。

家里都被清理了一番。准确地说，所有小何的物品都搬空了。

书架上，精准地一本本抽走属于小何自己的书，留下了小林的书栽倒各处；衣柜、箱子被打开，重新封好，小何的所有衣物被取走，他的衬衫重新叠整齐到一摞；厨房里，连碗筷、油盐酱醋都对半取走；他赶紧找到自己的柜子，只剩他一人的证件，现金少了一摞，打开手机，查询他的账户，钱也是上周五的一半。

小何把她的所有痕迹都抹去了，非常公平地，对半抽走。

他看到一张单据，落在地面上。捡起看，上面写着 ×× 搬家公司，×× 元劳务费，落款时间，周六下午。

小林听见脑子里嗡嗡作响。他瘫坐在床上，头隐隐地痛。他迷迷糊糊地觉得，自己走在湿软的迷雾里，一脚踏空，下面是一地鸡毛，还有烟消云散的天空。

处男互助会

9 月末，小林在豆瓣同城发了个帖子，之后，他睡了个好觉。

时间
10 月 8 日 周四 16:00—18:00

地点
北京朝阳区 ×× 东里 ×× 楼

费用
免费

类型
聚会—生活

发起人
小林

活动详情：

二十多岁，你还没有性经验，却不得不假装经验丰富，怕被朋友嘲笑。

你尝试过恋爱，却怎么也追不到女生，你动过约炮的心思，然而一次次被冷落，我相信，你可能也想过嫖娼，但犹豫着，下不了决心就这样草草处理掉“贞洁”……

我们都知道被指为处男的那种痛苦、震惊、无助、自卑、绝望，还有莫名的愤怒。这种愤怒有时令你厌恶女生，有时令你陷入玩偶和AV中，有时冲冠一怒，想妈的弯掉算了！

不，不要这样。你只是没有同伴帮你分担，你只是欠缺一些技巧的指导。

我们恳请同样的处男坐在一起，参加互助小组。只是在私密的空间里，尽情表达自己，宣泄自己的自卑，互相鼓励，鼓起勇气，大胆爱。

处男互助小组在发达国家已很成熟，研究显示，与不参加互助小组的人相比，参加的人的焦虑水平较低。

处男的确可怕，但是只有当我们对它了解得越多，越能直接与之面对，我们的恐惧才能越来越少。强大的内心不是天生而成的，我们每个人都有机会努力去让自己的心灵更坚强成熟起来。

我是小林，10月8日，我在××等你。

这是小林第二次组织处男互助活动，一个月前的茶话会，他讲出了二十四年来一直压抑的苦闷，二十四年了，从没有这么释然畅快。很快，他就想再组织一次。

小林仍然是个处男，尽管他不想承认。他谈过两次恋爱，但最近的一次还在小学。小林也不是没想过嫖一次，来北京五年了，好多回路过三里屯路，都因为怕被宰，怕染病而退却。他痛恨自己的懦弱，但庆幸自己尚有良知，毕竟，这是非法的勾当。

至今他手里还存着几个电话，是酒保看他犹豫硬塞下的。小林偶尔翻出它们来，想起中年阿姨在工体北路劝他："帅哥，人生苦短，青春难再，好歹试一试！"想起霓虹灯闪烁，照耀着丰腴浓妆的女人，想了很长一段时间，然后去趟厕所，继续生活。

小林觉得这真他妈糟透了。他虽然不是爱情原教旨主义者，但他也不能容忍自己的第一次和爱情无关。

所以，当10月8日下午互助会刚开始，听到大春提出的建议时，小林非常愤怒。

大春是这样说的：

"操，哥几个别磨叽了，我们去嫖吧！"

小林无奈地摇了摇头。大春膀大腰圆，戴条金链子，看着像下班的城管，其实是××基金的分析员。上次互助会他全程绷着，别人都有些发怵，末尾发言，聊到自己的尺寸小，一直自卑，居然流了眼泪，小林就不再怕他。没承想今天来了又装好汉，小林正想训他，忽然阿彪说话了：

“好啊，你这么厉害，告诉我们哪里能嫖？”

大春摸摸头，嘿嘿笑。

“哎呀，我这不就提个建议嘛。我要知道，早就去了。”

阿彪冷笑，转过头看小林。小林知道这是示意开始，虽然有人联系不到，但已经两点过一刻，不等了。

处男互助会的活动很简单，几个人围坐一圈，轮流发言。讲的内容随意，可以是最近的经历，也可以是之前的心结，但必须是与主题相关的真实经历，讲完，其他人会简短评价，然后一起鼓掌，说些鼓励的话。

五个人里，阿彪和大春都参加过上次的茶话会，算熟悉，另外两个沙发上的人则是看了帖子才来的。小林是主持人，按道理从他开始，但他想先听听陌生人的经历，于是让新来的两人先自我介绍，直接开始。

较瘦小的自称孟杨，二十五岁，在三元桥的某杂志当金融记者。他才介绍完，大春就笑出声：

“记者不是走南闯北很潇洒嘛，怎么也落到这地步？”

“就因为走南闯北，”孟杨说，“我才没时间找女朋友。”

几个人都笑。孟杨继续说：

“其实我也不是没有机会，但总是……差那么一点。我说不清楚，还是拿自己的故事举例吧。

“上半年去创业公司的发布会，一个咨询公司的女孩听说我是记者，总想约我出来。我拒绝两次，有点不好意思，就约她一起看《速度与激情7》。一开始我不想看，都续集续到7了，多腻歪。可看着看着还挺有意思。正有那么点感觉，我身子一暖，女孩正往我身上贴，左乳房都黏我右胳膊肘上了。我曾经想过这样的场景，想的时候心扑腾腾地跳，可当时完全没感觉，因为电影里霍布斯正在安全局里被打，我都被电影吸引了，没怎么管她。后来，她突然拿出一瓶味道很奇怪的香水，往身上各种喷，还开玩笑地往我脸上喷了一下。见我无动于衷，又把左手放在我的右腿上来回摩擦。那会儿电影里正准备决战，我眼睛哪儿离得开？我一把摁住她的左手，说你安静点，演电影呢……一直到电影结束，灯亮了。”

“这么主动你还拒绝，”阿彪说，“女孩得长多难看。”

“还行，85年的，保养得挺好。”孟杨回答。

“那你真是当代柳下惠了。”

大春扑哧笑出声，小林瞪了他一眼，又盯着阿彪，埋怨他打断别人讲话。小林读过心理学的书，书上说，互助小组最容易出现互相指责的情况，此时必须有强有力的主持人镇场，小林觉得这是自己的责任。

“先听孟杨说完。”小林对孟杨点点头。

孟杨顿了一顿，继续讲：

“那我接着说。那天事儿还没完，散场后，姑娘怎么也不走，非要跟我回家，我说那行，进去了啥也别干，明早我还有发布会。果然她还是不老实，可我哪里有准备？我心里还是怕，我完全没准备啊，是不是会染病？而且不知道能坚持几秒，据说第一次都很短。这时候我都冷静下来了——万一给人家弄怀孕了咋办？于是和姑娘说，算了，不安全，你要是想睡我就去客厅睡沙发，要不我送你回家。

她讥讽地笑了，然后打车自己回家。这场下来，闹得我没睡好，第二天发布会都没签到。”

孟杨讲完看着小林，但小林已经憋不住笑了出来。几个人笑了一分钟。

“对不起，”小林说，“不过哥们，你这是来讲相声的吧？”

“我这是真事，”孟杨说，“我知道这很搞笑，但这真的让我非常郁闷，真的机会来了，我没经验，反而不知道咋办。后来想想，我去楼下买一盒杜蕾斯不就完了？可我紧张得脑子里直打转，都想到了去查哪里做无痛人流，哪里有性病医院，就是没想到可以买套。”

“这不怪你，你临场打怵，很正常。”阿彪说，“我们输在了起跑线上，一步落后，处处落后，姑娘以为你身经百战，她们希望找有经验的男人，你不能向她们请教：我怎么搞啊？结果有苦说不出。孟杨，我理解你。”

孟杨感激地点点头。大春又感慨了两句，一会儿，小林总结说：“战胜心魔，早日破处，你行的！”于是大家鼓掌。孟杨很感动。

下一个是较胖的田野，当他说自己只有十八岁的时候，所有人都吃了一惊。一是他看起来足有三十岁，二是十八岁，你急什么参加处男互助小组？

“我长得老，又胖，从小学开始没有女孩愿意理我，我再不互助一下，难道要三十岁还是老处男吗？”

大春咳嗽了一声。田野赶紧说叔叔对不起，我没针对谁。

“我还是说自己的事吧。就像你们看到的这样，我从小就又胖又老，小学时候总被欺负，班上的人说我脸上的褶子熨平了足以绕地球三圈。所以他们谈恋爱，我都是旁边放风的那个。这是我一直以来的阴影。

“上高中时，我转学到北京，终于离开了原来的同学，以为能远离那些心魔。高一的时候，我喜欢上隔壁班的一个胖女孩，她晚上不太出教室，总让同桌带饭，我就下决心追她，每天省吃俭用，给她带晚饭送去。久而久之，有了点意思，我犹豫着，就给她写了个字条，说我喜欢她。第二天她给我一个字条，说，也很喜欢我。我激动坏了，晚上就给她买了份七块钱的红烧狮子头，我们算是在一起了。”

大春又插嘴：“我操，红烧狮子头！”

此时小林已懒得瞪他，反正，田野看起来也没在乎。

我就想，总算跨过这道坎，在一起了。可马上发现这不对，我一点都不浪漫，结果在一起了，和之前没什么变化。我们没有到达一垒，只是晚上下自习接她回宿舍，抱过两次。

“一垒？什么意思？”孟杨从发言中缓过来，问。

“啊，就是我们宿舍的暗号。从牵手到上床，一垒，二垒，三垒。所以我都没进过赛场，寝室里的大哥已经打到三垒两年了。”

“懂了，牛 ×。”孟杨噘了噘嘴。

“我之前都没摸过女生，很拘束，也不怎么说话。那时我正在看周国平老师的书，他给我很大启发，比如，我觉得安静就是人的最好状态，能心照不宣是最高级别的交往。周老师是研究尼采的大家啊，非常深刻。我很佩服他。我就知道不说话的爱情也可以很高级。

“于是我每天无言地送她回去，我边回家边想：又是心照不宣的一天，妙啊。当时我还借了《法华经》，每晚上做摘抄，感觉心智增进。结果一周以后，她突然生气地问我：‘你是不是不喜欢我？为什么从来不和我讲话？’我才反应过来，啥？原来要说话啊。她就一下子不理我了。我写信道歉也不回。

“我第三天晚上去她班级堵着，问她接下来怎么办。她拧着头，说你自己知道。我知道什么？这就是要和我决裂吧？难道这么快就要分手吗？可是她不理我，我怎么知道她在想什么。可我这次真是下了本钱，只打到二垒就完了？我算了算账：每天带晚饭，至少是食堂的肉菜，四块钱，她胖，比我还能吃，每次打饭四两，八毛钱，饭盒一毛，这一个月下来怎么也一百多，我打了三个月，三百多块钱，你说不理我就不理，知道我攒得多辛苦吗？

“后来我就又回教室，把这账写了下来给她。她就非常生气，说我原来是这么算计她。我没算计啊，她不理我嘛。后来再也没联系，我喜欢周杰伦的歌，还写了个歌词给她：‘我会学着放弃你，是因为我太爱你’，可她也没回，后来就真的不联系了。一直到现在，我都没有打到三垒。”

小林说：“小伙子，你这么搞，女孩是不会喜欢你的。”

“为什么？”

“你不能和女孩算账啊！你应该直接对她好。你想，如果你每次都给她买五块钱的肉菜，又不计较，她是能吃出来的。女孩最喜欢对她好又不声张的男人。”

田野陷入沉思，然后说：“大哥，你说得对，我真是笨，下次碰到了就给她买六块的。”

大家一起鼓掌。

阿彪没等小林介绍就自己站起来说：

“我叫阿彪，今年二十五，在某基金当经理。一个基金里有无数个经理，连实习生都挂着这个名头，但我是核心的投资部门经理，能决定一个项目的生死，平时总有人帮衬着，其实倒不缺机会。”

小林知道他说得没错。京城的投资经理多数大城市出身，家境优渥，很多父辈就是这个行业内的。他们多数有留洋背景，一开口，“你这个propose啊，我们也要认真concern”。但小林知道，其实他们在国外都混得一般，也都是和中国留学生玩，没有谁能进入美国的party文化，去英国的也没好到哪儿去。前年有个调查，LSE（伦敦政经）的男学生平均有3.5个性伴侣，而中国留学生，大部分连女朋友都没有。

上一次阿彪讲了自己的初恋，小林想，这次又是吧？

“我没有找到女人，其实和心结有关，那就是我的初恋。我一直迈不过去这道坎，想到她，我就心痛。”

又来了，小林想。

“我是一个勤奋的人，学习一直不错，也没有早恋。本来以为上了大学会有时间，没想到这里空间更大，我都扑在了学生工作和学习上。

“本科快毕业的时候，我做的事情多，经常忙到晚上三四点，QQ上好友都灭了。那时候有个高中女同学，睡得也晚，我歇着的时候，就和她聊两句。我们之前不熟，只记得她还比较可爱。

“一开始只说高中那些朋友，慢慢地，我们越聊越多，可以说是无话不谈。再后来，就越来越盼着晚上。我第一次发现，我这么牵挂她，这是不是就是传说中的爱上一个人？我并没太考虑这件事情，可白天做事情的时候，我还总想着她。我不知道怎么和人表白，有几次想出口，又犹豫。

“有一天，她问我喜欢什么样的女朋友，我心里一动，说就你这样就好。她说好，她同意。我激动得差点把键盘砸了，就这样，这就是我们的表白，就在一起了。

“那时候我在北京，她在成都。我就想，相爱的人这么异地不行，要往一个地方使劲儿。异地怎么能有结果？总之我是要去美国。她本来想去英国，一听，也就准备和我一起。我心里有谱，想去哥大，哥大那年这个专业，一半都是我上届学长。后来我考完了 GRE，就坐动车去武汉看她。我想给她补个正式的表白，揣着一个银戒指，到了学校找她，见面了，我这才第一次那么近看到她的脸。怎么说呢，当时我就后悔了，原来这么难看！我这个五味杂陈啊，手里的戒指被她看见，她脸红扑扑地把头扭向一边，我强忍着心里的伤痛，说：‘亲爱的，我一直没当面表白，这戒指送给你，我喜欢你，和我在一起吧。’其实我心里想的是，我的妈呀，你可别答应。

“之后有一次我帮她输入成绩，才发现她 GRE 考得非常低，可是之前告诉我的比这个高多了。我非常生气，但也有点庆幸，这下子不用和她在一个学校了。我对骗了我这件事情本来就不能忍受，于是就和她说分手吧。她不甘心，我当然很决绝。没多久，她又找了个国内的男朋友，却申请到了和我一个城市的野鸡学校，这两年我偶尔在留学生聚会上碰见她，非常尴尬。”

阿彪说完，田野和孟杨一脸惊讶，小林和大春都听过一遍，没有表情。

“其实我还是挺喜欢她的，我本来不愿意和人说心里话，她是我聊得最多的人。如果是在现在，我不会那么在乎相貌，可当时没经验，总之就是傻。现在她找的那个男朋友，人品不好，也不知道怎么样。我觉得自己当时做得不对，很愧疚，但又没法弥补。之后再和人交往，我都想起来对她的伤害。今年年底我们同学聚会，我准备去和她道歉，如果她能原谅我，我或许会觉得好过很多。”

田野和孟杨都说：“你这么诚心，一定会的！”阿彪谢过他们，大家鼓掌，祝福他年底顺利。

然后该大春。大春不想重复上次的话，尺寸小这种话，说一次就够了。今天他讲了一件这个月的窘事：

“小弟弟短严重影响我泡妞，哪怕送上门来。就这个月，有一天晚上十一点多，我下了班回家，看到一个少妇在小区门口踱步。

我没想到她会在我刷卡的时候凑过来，说：‘朋友，我能不能到你家住一晚？没带身份证，没带钱，实在没地儿。’

“我紧张坏了，难道这就是‘捡人’？真的摊到我脑袋上了？我嘴巴打结，说好好……好……好好好……吧。妈的，先进门吧。我就带她进屋，这女人也不客气，脱了鞋就往卧室走。

“我把人家高跟鞋放好，跟着进去，差点忘关门。这少妇坐在床上，我看得确实流口水，上凸下翘，大冷天，还穿着一个包屁股的皮短裙，啧。可是我心里慌啊，我这尺寸，这么个美女，被她嘲笑可受不了。她哪里知道我的心思，进了门眼睛滴溜溜四处看，看到旁边放了一台电脑，忽然问：‘能拿你电脑看个电影吗？’

“我赶紧打开，说行行。这可算解了围，那一瞬间，我怕她嘲笑的恐惧比性欲还强，没扒我裤子，我就很开心。我于是兴冲冲找来自己的硬盘，打开，说这里有好些片子，你看吧。

“然后我就出了屋，心想万一她敲门，说要我进去，我就不管三七二十一，把事儿办了。可是她就没再开门，我躺在客厅沙发上，半夜两点多，实在困，就睡过去了。第二天醒来一看，她已经走了。”

“家里没少东西吗？”小林问。

“没有，相反，她还留下一管口红。”

“唉，我能理解你。”阿彪说。

大春忽然提高了嗓音："能理解我？你能理解个屁！"他从椅子上跳到阿彪面前，"你小弟弟有多长？亮出来看看！你来我这个状况试一试！"

小林赶紧上去劝，孟杨和田野也拉住阿彪，安抚了好一阵。小林提议鼓掌，大春不耐烦地拒绝：

"鼓掌有个屁用，鼓掌能让我的小弟弟变长吗？"

然后呜呜地哭了，说：

"我就知道不该来参加这个破会。你们又是初恋心结，又是不会花钱，总之都是能解决的心态问题，我呢？我是生理毛病啊。我没办法啊。我说了你们肯定在心里嘲笑我，小林你别装，第一次活动我就看到你偷笑了，你们都嘲笑我。可是这能怪我吗？呜呜呜。"

孟杨沉默，田野一副吓坏的样子，阿彪则扭着头，明显动了气。小林没想到会是这样的结局，他知道这时候应该站出来维护氛围。

"我们不是比惨，我们是互助，每个人都有自己的问题，无论是生理还是心理，战胜它，我们就可以和别人一样破处，找到真爱。

"大春，并不是小弟弟短就注定孤独，我看过研究，有的女孩就喜欢短的。孟杨，你只是心态问题，没经验不是你的错，小时候没学游泳，也不能一辈子不敢下水呀。阿彪，你对感情的愧疚，其实是很高尚的情感，没有多少人像你一样这么有道德自律，我相信，年底你会得到她谅解的。田野，你还小，你比我们所有人都不急，多买点化妆品，保养下皮肤，每天跑步，你有的是希望！”

“真的有人喜欢小弟弟短？”大春抬起头问。

“相信我，我考过国家级心理咨询师。”小林回答。

大春咬了咬嘴唇。

“咱们是一个整体，是一个互助的整体。处男的确可怕，但是只有当我们对它了解得越多，越能直接与之面对时，我们的恐惧才能越来越少。如果强大的内心不是天生而成的，那么我们每个人都有机会努力去让自己的心灵更坚强成熟起来。对吗？

“接下来，我还要讲我的故事，把这次活动做完。其实，我的失败和你们还不一样，因为我一直被拒绝，都失去了信心。我从来没谈过恋爱，也没被女生要求住到家里过。实际上，我每次表白都被提前拒绝。”

“大哥，”田野问，“什么叫提前拒绝？听起来好惨。”

“就是我还没表白，她们就跑过来，说小林你可别喜欢我，求你了。”小林说。

“操，还可以这样，”大春说，“确实很难受。”

“我被拒绝一共有三次，都发生在大学。第一个女生我只是有点好感，那阵子才上大一，寝室卧谈会，问班里谁长得好看，我就说谁谁谁。结果一个人把我这话发到班级QQ群，编了口号，小林爱×××，结果那女孩见到我就跑，我根本没法解释。之后几年都没话说。

“大二的时候，我喜欢上别的专业的一女生，总约她去散步。我以为这已经是好的开头吧，走到树林深处，就情不自禁地对她说：‘我喜欢你。’她没等我说完，哇的一声吓了我一跳，噌地跑到广场上，别人还以为我要非礼她。”

阿彪忽然说：“小林，这不怪你！不要为了这些错误怀疑自己！”小林点点头，接着讲：

“大四，我又喜欢上同专业的一个姑娘。班里的人都能看出来，经常起哄，我真是烦死他们了，三年前的旧事儿又拿出来讲，搞得姑娘看我没正眼。可是那时大学要结束了，每个人都容易伤感，我时常觉得今朝有酒今朝醉。毕业前一周，我终于决定鼓起勇气，再表白一次。我想，他妈的表白这事，没个礼物不成，上两次多少吃了这亏，于是我打开亚马逊，翻了半天，正看见莫言全集打半价。你们知道莫言那时得了诺贝尔奖刚半年，火着呢，我就下单买了一套。第二天晚上，抱着十六本花花绿绿的《莫言全集》去女生宿舍楼下。

“我打电话让她下来，她好像听到了风声，不下来。我就很生气，你知道那套书有多沉吗？赶上一大西瓜那么沉。要不是为了她，我买这做什么？越想越生气，生气中还有种丢人的感觉。可是快毕业了，我也不顾那么多了，我上大学还没怎么冲动过！于是就在楼下不走，还喊她的名字。

“我听见女生寝室一阵阵哄笑，还有点得意，咱终于勇敢了一把！没一会儿，楼上下来我们班最高最壮的两个女生，传她的话：‘小林你赶紧走，我是不会下来的。’又说，‘我知道你喜欢我，可是咱俩根本没戏，回去吧。’

“我怎么可能回去？都到这份上了。于是撅着继续等。后来她实在扛不住，又派那俩女生下来，说你走吧，礼物可以留下，她们带上去。我说那怎么行？要下来人就下来。后来姑娘终于下来了，和虎背熊腰的两个同学站一排，把《莫言全集》推给我，一字一顿地说：‘咱俩没戏。’然后就回去了。我很难过，不完全是为她，还为我的大学生活，它是多么枯燥啊，像张白纸一样，最后想留个浓墨重彩的一笔，没想到是浓墨重彩的污点。

“我没在宿舍锁门前回去，站在女生寝室楼下一晚上。我想了大学里的很多事情，想着自己没有吸引力的事实，很难过，但我仍然坚强起来。我毕竟是个认真的人，我在乎感情，不想随便托付初夜，谁说男人都是薄情的？我坚持到了现在，但我还在努力，因为肯定会有人爱上这样的我，然后终结处男之身！”

“好！”大春短促地叫了一声。每个人都起劲儿地鼓起掌。

夜色更深了，每个人都坐近了不少，空气里飘着掌声，还有尴尬过后的坦然，人们像回到了大学宿舍的卧谈，时间无限而且绵长。

小林觉得自己像刚完成了一场出色的演讲，虽然是糗事，可那毕竟已经过去了，人们互相帮助，总有一天会变得明朗起来。他又站起来，环视一周，像发表久郁心中的感想：

“我平常不怎么喜欢聊天，到现在没谈过女朋友，可我不是没这能力，实在是大学里被伤害得太深。我想过，交往失败这事儿，其实也不完全怪咱们直男，你们不也一样吗？从小在城市长大，独生子女，读书，回到单元门后面，没有任何机会，能合理地抱一个女生。”

阿彪总结一句：“没错。”

小林点了点头，说：

“我们惨呀，初中之后就没机会正常地，用人类的方式与女生交往。没有party，没有滑旱冰，没有舞会，只有吃饭上网KTV，怎么能上手就会谈恋爱呢？ 我们都是一样，没有和女生交往的经验，却在此前听了太多矫情兮兮的情歌，太多神经病一样的偶像剧。搞得最后脑子都乱了。当然女生也没好哪儿去，这样下来，有好？所有这些，能完全怪我们吗？”

大春忽地站起来，“说得好！”他说，“没想到你是个哲学家！”

小林自得地笑了，这套理由他想了很久，第一次当众宣讲效果就这样，没准可以写成论文。

后来，所有人互相拥抱，说了不少贴心的话。阿彪和大春拥抱得格外长。小林送走每一个人，又回到空荡荡的屋子。他心满意足，点了一份蛋炒饭外卖，然后调整了 QQ 状态：“今天真是有意义的一天。”

消失的水手

一

凌晨一点，小何打开房门，灯黑着，她心里一凉，草草褪了鞋，掏出手机给男朋友小宁拨电话，哔——正在通话中。她噌地火起来，发了一条消息给他：

“半夜不回家，跑哪里浪去了？”

她坐在沙发上，盯着手机。三分钟没回，她又打过去，哔——还在通话中。小何关了手机，踢开猫，去卫生间冲了个澡，燃气热水器时灵时不灵，她不停地将水调到最热，再掰回中间，她撕扯着打结的头发，看着眼线和口红被热水烫着，变成斑斓的细流，混合着头发上的金粉，在自己身上滚滚流过，像被染色的溪流，稍稍消了点气。

擦完身子，小何看手机，还没有消息。她滑开屏幕锁，又给小宁打了电话，哔——仍旧通话中。拉黑了？她琢磨，不会吧，不就是晚上参加朋友的party，唱了KTV回来晚了点吗？你不也半夜跑出去，连消息都不回吗？

她翻了翻聊天记录，又看了小宁最近的社交账号，一个个看完，没什么异常。她给小宁的几个朋友发消息询问，然后放了一集电视剧，边看边骂小宁，明天还要早起见客户，又惹我晚睡，你倒是回个信儿啊！

没一会儿，小何倚在脱下的风衣里睡着了，湿漉漉的头发沾湿了靠背。

凌晨五点，她做噩梦惊醒，马上坐了起来，摸来手机，还是没信儿。她开灯在屋里转了一圈，走到阳台，她觉得柜子被人动过，拉开门，发现小宁的登山包不见了。她顿时困意全消，再翻，钱和银行卡都还在，衣服还叠在那儿，但没了小宁的护照和身份证。人还是没回。

哔——正在通话中。

哔——正在通话中。

哔——正在通话中。

哔……

小何挂了电话，不知道是担心还是愤怒，小宁怎么了？突然出差？家里出变故？或者，在别的女人家里过夜？都不可能啊。老家的父母都很健康，从没听说什么难事。女人？他就算了吧。毕业两年都在车企，三点一线，朋友圈子都不如家里的公猫广，没可能。

她又想，难道他发现自己和阿黄的交往，有意见？是，最近回来晚点，可她和阿黄根本没实质性问题，唱唱歌，抱一抱，这又怎么了？就算是真出轨，你小宁也不该突然整这么一出，让我担心不是，不担心也不是。

电视剧播完了，广告刺耳地响着，空气混浊，水汽氤氲，显然一天没有开窗，地上扯开着一米长的卫生纸，纸筒被划了两道痕，犯事儿的猫还在角落里无辜地盯着自己。小何攥了攥手心，她找到手机，决定发一条消息就睡觉，无论如何不能耽误明天的宣讲会。

她说：“我操你妈小宁，搞什么？！”

二

小何去了宣讲会，一整天，她都不停地看手机。居然，一个大活人就这么没信儿了？她想不通，又担心，不会是出了什么事情吧？两天后，她决定给小宁的父母打个电话。

“喂，叔叔，我是小何。吃了，对，最近不忙，都挺好的。嗯，是这样，有一件事儿想问问您。小宁这几天和家里联系过吗？”

小宁的爸爸告诉她，小宁周四回过一趟家，当时说是单位突然放假，就回家看看。然后收拾了一些衣物，走了。听了小何的话，小宁的父亲安慰她，也许是出去玩了。他们商量先不告诉他母亲，再等等消息。

挂了电话，小何更慌了。她赶紧又给小宁的同事打过去：

“宇林，是我，小宁的女朋友小何，你最近看到小宁了吗？”

宇林告诉她，上周小宁请了一周假，再就没见过。小何脑袋炸了，小宁是有预谋地在做什么事情？瞒着我？她又问了几个人，没有新的消息。匆匆忙完了手头的事情，赶到派出所，登记了失踪人口信息。之后回家，颓然地倒在沙发上。

嘀——门铃一响，小何嗖地站起来，扑过去开门，才想起来是自己叫的保洁。房间并不算太乱，但小何没心情自己收拾。她现在谈不上惊恐，也不是担忧，而是困惑。她像是被一个谜题击中，解不开，又绕不过，直挺挺压在她胸前。她和小宁从大学结识到现在，交往了三年，好像才发现小宁还有自己的心事。更令她惊讶的是，她似乎在小宁失踪之后，才第一次去关心：小宁到底对生活对工作感觉如何，是不是顺心。

保洁穿上鞋套，从厨房开始收拾，小何就坐在沙发上看着，发呆。她脑子里有非常多的疑惑。小宁去哪儿了？一个人，回了趟老家，带着护照，是出国吗？为什么一个信儿都不给，指责、赌咒、求助、告白，什么都没有，就像凭空消失？

嘀——手机震动，小何抓起来看，是阿黄，问她晚上去不去新开的一家寿司店。往常，小何会尽快回复，然后删掉。今天她实在不想为此费神，一个谜题已让她力竭，于是放在旁边。嘀——又响起来，小何烦了，拿起手机回了句："没心情，你别来找我了。"继续坐着发愣。

嘀——嘀——嘀——

"娃儿，是你的手机响吗？"保洁阿姨问。

"嗯。"

"你没啥子事情吧？看起来脸色不太好。"

小何摇了摇头。

三

日复一日，还是没有小宁的消息。两个月过去，小何确定小宁的电话拉黑了她，因为打过去永远都是——哔，正在通话中。

两个人的结识没什么稀奇的。三年来平淡如水，倒一直稳定。他们在毕业季表白，之后小宁去香港读硕士，她在北京实习，为了将来能在一个城市而努力。工作后就搬到一起，没出差错，也没什么激情。

失踪的两个月，小何比之前的三年都更多地揣度小宁的心思。说来也怪，她好像一直默认小宁是一个沉默的，不需更多关注的人。失踪后，她才仔细回想，小宁是不是也有什么瞒着她。但她怎么也想不出小宁到底想要什么，到底对生活有什么念头。这令她心疼，也令她不平，小宁是否也这样想过我呢？他离开了之后，是不是也回忆过和我的生活，也能明白我的追求？

不过，也有可能他不会想这些了。万一他出了事儿，在哪里……死了？小何不敢这么猜，一有这念头，她就截断，就给家里养的乌龟换水，一天下来，水缸里永远干净得像刚换过。

小何实在撑不住，就给小宁发消息。每次打了删，删了打，断断续续，可从来没收到过回复，对话框变成了留言板：

“小宁，我不知道你在哪里，你还好吗？看到回复我。”

“小宁，你的钱还够吗？你到底怎么生活的？”

…………

“父母来北京，待了一周，走了。我很累，他们虽然安慰我，但眼神还是怀疑我，我受不了。你快回来，好吗？”

…………

“我操你妈，小宁，你爱死不死，到底有没有个准信儿！这么折磨我干什么！真他妈够了！”

…………

“对不起，小宁。昨天说话情绪太重，你别当真。好吧，就算你看到了，生气了，你跟我说说也好啊。可是你到底在哪儿？”

…………

年底了，小何的工作一天天重起来，可这样反而令她喜欢。上班会把精力发泄掉，加班就更好了，如果回到家里，一个人总会忍不住胡想。

一天，她正在约客户见面，一个陌生的电话打进来。

“是小何吗？”一个女声问。

小何一愣，说：“是的。”

“我犹豫了很久，决定还是打给你。”女声顿了一下，“和你说一些小宁的事情。”

小何立刻放下手里的所有事情，抓紧了电话。

“小宁？他在哪里？你是谁？他和你在一起吗？”

“不，我也在找他。但是我觉得有一些事儿，你知道了，可能有帮助。我在北京，要不，晚上见一面？”

她们约好晚上八点见。下午，小何一遍遍给水箱换水，洗手池的漏网被拿走了，她差点把巴西龟倒进去。

四

小何没想到来的人这么漂亮。长头发，圆脸，紧身的毛衣，踩着八厘米的高跟鞋，迎面过来，小何觉得自己像跟班的仆人。她有点恼，这么有心计的人，她和小宁什么关系？

高跷倒没敌意，主动和小何寒暄。拉过手，自我介绍：

“小何你好，我叫 Nancy。听小宁说起过你。”

小何“嗯”了一声，她心里想，我倒没听说过你。不过这不重要，小何只想知道小宁的信息。聊了一会儿，小何就失望了，又带着新的愤怒。原来失踪之前，小宁没少和 Nancy 出去，喝酒，吃饭，都瞒着小何。Nancy 解释说，她和小宁只是在香港的邻居，之前没什么其他事，来北京见面也只是聊天，没有别的关系。小何还是气得一喘一喘，Nancy 越解释越不清楚。

“你别说这些了，”小何咬着牙说，“既然你不知道他在哪儿，来找我干什么？”

“但我也许能猜到他的去向，”Nancy 有点怕小何，语气有些急，“他可能真的去了直布罗陀。”

“什么？”小何心里一惊，“那……那是哪里？”

“直布罗陀。”Nancy 说，“他可能去直布罗陀当水手了。”

小何头里一阵晕眩，她摸不清眼前这个人到底是个骗子，还是真的知情。弯儿拐得太陡，她有点跟不上。直布罗陀是哪里？水手？为什么要当水手？

“他在香港读书的时候，我们一起去教堂参加活动，结束时他提过一次当水手的念头。我当时很惊讶，还鼓励他，年轻嘛，多尝试。”Nancy 解释道，“那是我第一次听他说这事儿，没放在心上。”

“然后呢？”小何问。

“然后就是这次来。才见面，他又给我讲了这个事儿，我发现他好像不太对劲儿。那天我们在东四的胡同里找了间啤酒屋。他看起来很疲惫，说了很多话，工作不顺利，每天重复着一样的事情，想创业，又没想好做什么。我很惊讶，之前他并不这么健谈。

“小宁讲完了，说他是想离开这个环境，只是有羁绊，很难脱开。他说这是合资的大车企，身边的所有人都很羡慕，觉得高档，但小宁自己清楚它有多闭塞。他说，有一次他用U ber给同事打车，同事很惊奇，说除了滴滴还有这软件。他讲了很多事情，我都听着，觉得吓人，这不和老国企一样吗？小宁说，就是老国企。

“他讲有一次做好了价格报表，去给部门经理看，经理随便就把几个空缺价格填上了。小宁说这几个数据需要调查，就这样填了？不上报吗？经理笑了，这是经验，没关系。上报？你上报给谁？上面根本不需要看。小宁说他一想到十年后，他的模板就是这个经理，心里很不甘。

“后来，小宁又见过我几次，都是那么消沉。失踪前最后一次喝酒，他给我念了一首诗，是木心写的《巴珑》：‘下班后不急于回家的才是男人／公爵哪，就这儿，就 beer’……

“他反复念了四次最后一句，‘十九岁这个年龄真是再好不过的了／我在直布罗陀当水手／您在哪里’，读完了就沉默，像我根本不存在一样。”

小何“呀”了一声。她心疼得滴血。念诗？小宁从来没有给他念过，他平时闷闷的，小何抱怨过多少次都没改变。凭什么，给这个女人念诗，凭什么？她想问清楚，又怕显得失礼，她又急着听完水手的事儿，好找到小宁，当面问问他在想什么，为什么离开。

“你是说，就凭这个判断，小宁是去直布罗陀当水手了？”

“不，我只是猜的。我当时打趣，问他是不是想出海工作，小宁笑笑，没说话。小宁失踪后，我仔细琢磨这话，怕是他真的去了那儿。”

“直布罗陀是哪里？为什么要去那儿当水手？”

“西班牙，但是是英国的属地。那是地中海的入海口。”

“那要怎么找他？”

“这个，”Nancy 摇摇头，“不知道他是经过那里，还是在当地的港口。地中海的航线，往世界各地的船都有，很繁忙，根本查不过来。”

小何捏了捏手，想到年底无数的会议，想起办公桌上满满的日程表。她问Nancy：“我去直布罗陀找他？会有效吗？”

“我给直布罗陀的港口打过电话，他们说没见过中国水手，官网上也没见有小宁的名字。”

小何舒了口气，又神经发紧。她从来没出过国，不知道该怎么应对这件事儿。她忽然很依赖Nancy，这个几分钟前还让她充满敌意的女人。

“他，还和你说过什么？”小何又问。

Nancy欲言又止，说：“他还说了些关于你的话。”小何追问，Nancy就接着说：“他说好像是你管着所有事情，换房子，买衣物，存工资，他都插不上话。还提过，有两年，你忘记了他的生日。”

“后来不是补上了吗？”小何打断她，“而且有一年他在香港，我只是礼物寄晚了！”

Nancy瞪了瞪眼睛，小何才意识到她反驳错了对象。她们错开目光，一会儿，小何开口：“还说什么了？”

“失踪前的那天，他说三个月后是他生日，如果他辞了职，就到英国找我。他说辞了职就轻松了，也许到时候连女朋友都没有，就更轻松了。我笑他别乱开玩笑，没想到……”

这时，Nancy发现对面的小何肩膀一耸一耸的，已经哭了。Nancy赶紧递过纸巾，安慰小何说：“别哭，别急，会没事的。

我回英国后就去找找，没准仔细点，还能在哪条船的信息里看到他。”

小何仍旧哭着。Nancy 抱住她。一会儿，小何哽着声音说：

“我不是害怕找不到他，”她一阵哽咽，“我是想，为什么，他从来都没和我说。”

又一阵哽咽。

Nancy 不知道该说什么，就紧紧地抱住她。

五

三个月过去了，小宁一点消息都没有。Nancy 偶尔给小何传来在欧洲查询的信息，朴茨茅斯、汉堡、马赛、里斯本，都没有见到小宁，小何已经习惯了。渐渐地，她也和朋友出去吃饭，聚会。小何也不想总回到家里，看着空空的屋子，又忍不住打那个永远通话中的号码。

Nancy 偶尔给她电话，当然，只是遥远的安慰。小何一度怀疑是 Nancy 和小宁骗了她，也许，他们私奔了？可她翻了小宁电脑里所有记录，他只和 Nancy 喝了几次酒，并没有其他的记录。

也许，就是想找个生活外的人倾诉，找到了她。

小何渐渐把Nancy当作可以信任的人，其实，也没有另一个人能像Nancy那样理解自己。朋友、同事、父母，每个人看着小何的眼神都带有同情，那眼睛底下，还闪过一丝责备，是不是你小何做了什么对不起他的事儿？

她累了，不愿意再和眼神做斗争了。

工作这么忙，她很累，给小宁的留言也渐渐少了。

“小宁，我去出入境查了，没有你的信息，欧洲没有，哪个国家都没有，你在淘宝上也没代办过签证，你到底出去没有？真的去直布罗陀了吗？Nancy和我说，你可能是偷渡出去。我很担心。你为什么不回我消息？是不是……你千万别因为有困难不联系我，笨蛋！”

…………

“我最近工作很忙，回到家，你没在，猫都要造反了。好可笑，原来我这么依赖你，我却不知道。我脾气不好，后悔很多事情没和你商量，就自己做了决定。你一定很伤心吧？那次你说工作有点闷，我还反驳你，说福利多好，谁谁谁都没找到工作，你应该知足之类。我错了，我应该听你说，而不是自己说。”

…………

“操你妈小宁，你他妈去哪里了，给我一个回话！折磨人有完没完？和那个贱女人说那么多，倒是一句不给我讲。肯定没什么好事，背着我！我日你八辈祖宗！”

…………

小宁的 24 岁生日到了，小何买了个蛋糕，自己吃了一点，其余的就放在屋子里。晚上，她还期盼这个特殊的日子，会不会与平常不一样？结果什么也没发生。

第二天，小何决定搬出这里。她劝自己说，新的一年，就有点新的开始。把这个想法和 Nancy 说了，Nancy 很支持，是的，过去的日子已经这么奇怪，我何必守着这两个人的记忆？

她找房子，付了订金。她联系了搬家公司，请了一个周五的假期。她收拾房间，把一切打包。最后一天晚上，她坐在光秃秃的屋子里，望了一圈，她掏出手机，想，这是今年给小宁的最后一次留言了。

“小宁，就算是你真的去当水手了吧。我祝福你，你有勇气。如果重来，如果你肯问我一句，我愿意和你一起去直布罗陀。我也才 23 岁，我们都很年轻。

“你会回来吗？会重新开始吗？我，我还是希望如此。你让我悔恨，让我失望，让我揪心。现在，又令我嫉妒。哪怕那个在海上的人是我呢？

“总之，今年结束了，我要搬去新的房子，暂时不再想你。

祝福你，祝福你的勇气，希望下一次的勇敢里，不再包括舍弃我这件事。再见咯。”

她冲了澡，就睡了。凌晨一点，忽然电话响了起来，是个西班牙号码。小何立刻惊醒，她接通，听不清那头的声音，慌忙拿开，调成外放。她问：“喂，是小宁吗？是你吗？喂？你能听到吗？”

没有回答。只有哗——哗——哗——的回音，像是海浪。

她听了一分钟，那边挂断了电话。海浪的声音仍旧环绕，小何失眠了。

摄影师：Littlecal

贰

Two

| 磨锐 |

后来我才明白，
为什么贝贝会看那么多哲学类的书，
尤其喜欢叔本华和尼采。
虽然，
没有任何哲学家能够解答荒谬本身，
但他们的著作是有意义的。
有时候，
你只要知道很多人和你一样痛苦，
和你一样无力过，
那么眼前的一切，
都会变得可以忍受得多。

我唯一
擅长的
就是不顾一切

一

火车驶入冰雪的车站，车门打开的一瞬间，零下 30℃的空气呛得我咳嗽。同行的人搬起箱子就往下走，我扶住车门，半转身，给他们侧出通路。他们欢快的表情令我不悦，他妈的，回家有什么好高兴的？！

我就不想回家。我知道，几十米外，那个和我并不熟悉的爹，就站在该死的出口，等着我把行李扔给他。

“累了吧？”

我“嗯”了一声，果然是这句话。

“看，你姨夫开车来接你了，打个招呼？”

“姨夫好。”

进了车，半晌没话。我看着窗外的一堆堆烂雪，不想开腔。

“大学怎么样啊？考试比高中简单吧？成绩行不行啊？”

哦，我天。我真想开车门跳下去。

我花了大概五个小时，才回到自己房间清净一下。首先要挤进闭塞的方厅，穿过看猴一样的亲戚们，观察他们欲言又止、没话找话的样子，真好笑。然后是吃饭，油、肉、糊了的菜叶、挂满味精的熟食，靠着暖气，空气污浊，一桌人轮着夹菜给你——

“这个成都没有吧？南方肯定没有。”

“还是咱东北米好吃吧？南方那都是线儿米，吃着贼柴。”

“哎，这粉条我给你装点吧？回去你吃不着还得找！”

最后一关，是我妈热切聊天的眼神。我叹口气，来吧，不就是坐月子的时候我奶奶没给她吃羊肉汤，我爸这么多年没好好跟她说话，当初把我送到别人家寄宿她心里多不忍吗？我知道，是，我知道，说吧。

我把拉门合上，拽走我妈铺了两层的厚被子，一下摊在床上。夜晚是属于我的了。又回到这遥远的家里，我竟只剩下空虚，我看到高中时常常探头去望的路灯，看到书架上残留的集体相册，一阵不真实感袭来，我想扇自己一耳光好清醒过来——真是最廉价的逃脱方法。

我拿起手机，想了一圈中学的朋友，又放了下去。我报考那么远，就是想离中学的一切远一些，也许以后想和他们联系吧，至少不是现在。我又检索大学朋友，犹豫了一会儿，点到我唯一想发信息的姑娘那儿，还是放了下来。

我的脸开始发烫，太糟糕了，上一次冒昧发消息的后果历历在目。当时我在街上看到她，正牵着我不认识的男生走着，弄得我很沮丧，又不愿相信。晚上我就给她 QQ 发了消息：

"和你一起走的是你男朋友吗？"

辗转反侧，左右不安。忽然头像一闪，我看完立刻变成了一只人形鹌鹑：

"是啊，我是她男朋友。你是谁呀？哈哈哈！"

妈的，怎么会这样……我思来想去，礼貌地回复一句："我是她同学。谢谢了。"

头像又闪，好像一只嘚瑟欠揍的小浣熊：

"好呀，我会转告她的。哈哈哈！"

我彻底变成了一只鹌鹑。

总之，我躺在床上一个多小时，愣是没找到开心起来的办法。这时我听到卧室里有人出来，赶紧坐到书桌前。拉门一开，我妈揉着睡眼进来了。

“大宝，还没睡啊。这么累。”

我正在思索刚才的举动。我才想起来，都上大学了，为什么还要坐到书桌前装模作样？

“妈给你做点吃的吧？”

“不用。”我极其坚决地拒绝。否则会是一锅橘子皮或者西瓜叶煮面条端上来。

“那妈给你揉揉吧？这么辛苦。”

“真不用了，妈，”我恳求她，“你歇会儿吧，我也歇会儿。”

我听到她慢吞吞地挪回卧室，隔着一道门，仿佛在和我爸说：

“这孩子，咋回来还变得生分了？”

二

我们家没人读书，我是异类。整个中学读下来，我买了零零散散几百本，把书架占了大半。当时买书没什么规律，就是贝塔斯曼书友会和卓越·亚马逊网上书店的打折书，随便挑一些看得下去的。所以，北岛的散文、李清照的诗词、猪的养殖技术这些书都摆在一起。

两天后我就明白了，眼下，这个操蛋的寒假只能指望这堆书。我拨开《农桑辑要》《中国朝代地图》《马克思·韦伯精选》，忽然看到一本来劲儿的：《见证热情：格瓦拉致女友书》。黄色书皮，格瓦拉的大头和一个阿根廷女人并在一起，我快速翻过两人的书信，跳过所有严肃的讨论，看了一遍又一遍格瓦拉横跨南美的摩托车旅行。我特别喜欢这本书附录里的拉美诗歌：聂鲁达的《一首绝望的歌》。它令我心醉。太棒了，这才是生活。

当天我就准备到火车站买了张去黑河的票。黑河是中俄边境最大的城市，紧靠黑龙江，对面是俄罗斯的海兰泡。从我家坐火车过去要在哈尔滨中转，总共十几个小时。

我在一家网吧查询了路上能去的城市，带了一个小本子，工工整整地抄下列车时刻表。那时候智能手机还不多，我自己挑拣其中可行的路线，信心满满。以至于在火车站我都骄傲极了，很多成年人趴在窗口询问哪趟列车，我无不鄙视地看着他们，瞧好了，提前准备好是多么重要。

“到哪里？”售票员问我。

“黑河！”我翻出本子，“请问 K7035 次列车还有票吗？”

“有，没铺了啊，硬座。”

这倒出乎我预料，硬卧票卖光了。不过感觉也差不多，我掏了钱，特意嘱咐列车员：

“帮我买尾号是 0、4、5、9 的座位！”

列车员笑了，赞许地点了点头。我拿票出来，特意在队伍附近晃了两圈，我自己买到了票，真是太厉害了！

到家了，父母才知道我的计划。我花了两个小时搞定他们的情绪，立刻就收拾书包。我想象着飞驰在东北平原上的列车，虽然不如摩托酷炫，凑合用吧。我不知道我要去哪里，不知道什么时候回来。寒假进行了一半，春节就在眼前，我顾不了那么多了。他妈的，我要去黑河。

先从家坐车到哈尔滨，摩肩接踵，我搭在硬座的边沿坐了一会儿，好在只有两个小时。站内换乘，我找到去黑河的火车，立刻就被眼前的人群吓怵了。踏上过夜车的第一分钟，我就后悔了。春运期间，无数扛着牛皮袋子的人席地坐在过道上，而我从未一个人身处陌生的人海。

我的座位靠在窗边，好处是可以搭着桌子睡觉，坏处就是空间狭窄。我头一个小时还可以安静看书，接下来身边换了一个人，特别壮，就有点害怕了。壮汉先是吃蚕豆，喝啤酒，然后剪脚趾甲，指甲刀一看就是温州产的，特别钝，皮屑崩得老高。过了十点钟，他拿出白酒喝起来，半瓶下去，就糊倒在茶桌上，只给我剩下狭窄的一道缝。周围的人也各显神通，有人清空行李架躺在上面，有人钻到座位底下，无视自己的脚被推车碾过。

过道没法看了，七拧八歪的，我猜厕所里都被人占住睡觉——那倒真是个宽敞的地方。旁边壮汉偶尔斜到我身上，我都吓得要尖叫。

我稚嫩的十九岁生日才过，没想到独自出行是这样的场景。别说格瓦拉了，就算是凯鲁亚克站在我面前，说，小杜，走，我带你飞。当时的我都肯定一巴掌甩过去，飞你妈飞，我要回家。

最后我把单肩包的带子绑在脚踝上，甩到座位底下。我把钱包塞进贴身的羽绒服兜，垫着，伏在窗户边睡着了。窗外，东北的寒夜零下 20℃，车内暖气叠加人气，烘得人直流汗。半夜时候我忽然被水打醒了，迷糊中一摸肩膀，全是冰水。这才发现本来结冰的窗户被融化，全进了我的脖子、我的羽绒服。

我没有备用衣服（毫无经验），没法转身（旁边的大哥鼻子都要贴我嘴巴了），只好捏着羽绒服，试图在暖气片上烤干，撑了一晚，到黑河的广播响起，我简直要哭出声来。

三

我站在黑龙江边，对面是俄罗斯，每隔几百米有一座哨塔。江已经结冰，偶尔有卡车跑过，像是运输物品。我看了看哨塔，又看了看江心的栅栏，没敢下去。

说实话，如果紧紧挨着栏杆，从哨塔的边上望去，这里有一点像世界的尽头。江面都是雪印，低沉的乌云在国境的另一侧垂下来，冷风袭来，我觉得我就站在这里，挺好的。

但总要离开栏杆。这已经是我一天内第二次来江边了。凌晨到了黑河，我找到一家十块钱一晚的小旅馆要了铺位。躺了一个小时，怎么也睡不着。我又到网吧查了黑河的地图，用相机照了下来，当指引。说实话，我最犯愁的是不知道做什么。OK，他妈的黑河，我到了，于是呢？

我在街头晃荡，不知道该和谁说话。去了贸易市场，满眼的义乌小商品，又晃到菜市场，看着号称江鱼的鲤鱼蹦来蹦去。最后，我又到了江边。靠河边的中央大街附近，有一家拉面馆，每小碗五块钱。我连着吃了两天，吃到胃里反酸水，决定还是换一个地方待一待。

我跑到火车站，跑进售票处，拿出了我准备的小本子。我发现这儿居然是这座城市我最渴望来的地方，也不知道我是喜欢火车还是喜欢城市。

“你好，我买到漠河的车。”

“漠河没有直达的。你得去买汽车票。”

“不是，我到北安，然后到漠河。”

“这折腾啥呀？直接买汽车不得了？”

“不不，你帮我看下这两个车次还有票没，谢谢啦。”

我终于买到了转乘的两张票，相对于直线的汽车，火车线其实走了个V字形。但我不敢去汽车站，我只有火车时刻的小本子，我只能抓住这个本子。

北安停了四个小时，其余的二十几个小时我都在硬座上度过。一样，拥挤的人，融化了雪水，窗外的空气越来越寒冷，我不知道为什么要去漠河，就像不知道为什么把黑河当作目标。我跌跌撞撞，担惊受怕，但毫无退意。

十九岁真好啊，十九岁真糙。

漠河真的是中国最北的地方，从下车开始，不断有出租车司机，广告牌，拉客的托儿提醒你。我至少听了十遍同样的词：“小伙子，去找找北啊？”

我还是沿街找便宜住宿，但我太累了，撑不到发现十块钱铺位的地方。而且我也渴望带锁的门，可以洗澡的卫生间。于是谈到了一家六十块一晚的小旅店，十平米的小房间，居然有带宽带的电脑。

然后，一整个白天就被我睡过去了。醒来时天黑得像墨水点过，我揉了揉眼睛，恍惚中不知道是在梦里，还是在真实世界。

我穿上衣服，出去找一些吃饭的地方。晚上 9 点钟，街面已没什么店铺，我只好寻觅还开着的杂货铺。我转过一条街，发现和上一条没什么区别，我走到路边花坛，浓艳的假花开得正盛。我忽然再次怀疑自己是不是在梦里。

极端的天气，极端的黑暗，都给人脆生生的一击。一瞬间，我好像走在悬浮的地狱岛上，没有居民，没有我熟悉的一切，墨汁一样的天空和假花旁边的破绽连在一起，把我包裹。我的每一步都走在真实和幻觉之间，我好像找到了我真正想要的感觉。

不是的，不是悬壶济世，也不是那么伟大的革命理想。我只是热爱山川穿过耳坠的风，喜欢冰雪和骄阳下蝼蚁般的路人，我渴望从熟悉的环境消失，渴望离开我爱的人。我在十九岁的开头发现了自己的天赋，我唯一擅长的东西就是不顾一切。

当我抛弃所有的时候，我变得极为放松。我抛弃所有的一切，最好是在世界的尽头。

那时候我忽然原谅了很多事情，给我发“哈哈哈”的男人，曾经排挤我的同学，那些枯燥的课堂。我再也不觉得父母对我的亲昵有什么负担，把我扔回家里，我也能像在漠河时一样。

四

回家的时候已经过了小年。这期间我没给家里打一个电话，忽然到家，父母又气又喜，急得要打我，又急着要抱我。我特别放松。打就打吧，这才哪儿到哪儿，我的未来是星辰大海，该你们提前练心理素质了。

那个寒假剩下的日子我都异常坦然，让家里人很不适应。我对每个人都客气而友好，像是彬彬有礼的外来者。我陪舅舅放鞭炮，陪妹妹吃麻辣烫，随意，我的心已经飞到另外的地方，而我知道这是再也追不回来的事情。

返回学校，我看了很多拉美文学，格瓦拉和聂鲁达早已被忘到脑后，却一直记得巴西作家罗萨的《河的第三条岸》。这篇小说只有一千多字，写一个本分的父亲忽然离家出走的故事。我一直记得儿子在岸边呼喊的话：

“爸爸，你在河上漂太久了！你老了，回来吧！你不是非这样下去不可，回来吧，我会代替你，就在现在，如果你愿意的话，我会踏上你的船，顶上你的位置！”

然后，爸爸回了头，儿子逃走了。

怂逼，我心里想，要是我，就自己再造一艘船，爸爸你别等我，我注定比你跑得远。

我想我已经找到了什么抓手，可以在时光的流水中不被冲走。我甚至可以留下点什么独特的东西，这令我感到放松。我想到十九岁离家出走一样的旅行，不知道那么多糟糕的环境，我是如何适应下来的，但我无可置疑地适应下来了。

是的，我找到了自己擅长的事情。这比什么都重要。

室友阿肖

一

通常，我们会因为一个人了解一个地方。每当我在街头听到“爱拼才会赢”，听到有人用南方口音骂“赛林木”，我都会想起阿肖尚未发福时在足球场上奔跑的样子。对出生在东北的我来说，阿肖就是福建，福建就是阿肖。

当然，这话不能让他听到，他准会说：“我是晋江人啦，不要把闽北、闽东和闽南混在一起。”

阿肖是晋江安海镇人，我大学四年的室友。今年年初，他邀请我去晋江，参加他哥哥的婚礼。是的，他哥哥，而不是他自己的婚礼，都会邀请我这样的朋友来参加，这真是很闽南人的做法。这不是第一次了，前年他姐姐的婚礼本来也邀请过我，只是我在采访，没有去成。

更闽南人的是，他们婚礼的宴席要摆接近一周。前几天在宗祠宴请，所有的亲友乡邻商业朋友都来家里，白天玩牌、聊天，晚上吃饭、喝酒，而且这一切都不需要份子钱。每天午饭、晚饭时，主人家都会全员在门口站成一排，目送宾客们去祠堂吃饭，再一一去照看，敬酒。正席都在最后一天的晚上，男方已经接了新娘，所有的伴娘、伴郎也要一起在门口等候客人，最著名的晋江新娘也要在这时戴上沉甸甸的金银首饰。阿肖哥哥的新娘双手戴了八个金手镯、十个金戒指，头上戴着一套银簪，胸前挂着一套金簪，脖子上戴着穿起来的十个金镯子，还有零散的金戒指点缀着。当然，这是明面上一眼可见的部分，不包括婚纱前后的银饰。

我在婚礼的第三天到达晋江，正赶上晚饭。阿肖招呼了我一下，就让他的发小，带着我们五个大学同学去祠堂。晚饭期间，阿肖都在几个屋里走动，除了一家人都要招待的当地亲友，阿肖自己带来的关系有小五十人：发小、大学同学，还有他在广西、云南做生意的朋友。他的发小不用照顾，还能分担很多工作，比如接待我们几个大学同学。比较难办的是西南的生意朋友，这是阿肖做瓷砖生意认识的，前一天晚上，阿肖才陪着他们喝到凌晨三点。

他身高一米七五左右，穿着松垮的西装，时刻端着一杯红酒，在各桌之间周旋，时而敬酒，时而划拳，每走一步几乎都要点下头，打招呼，干练得像是混迹生意场多年的中年人。但是，他和我们一样，才毕业一年半，要知道，我们同届的人一半还在读研，或者出国读书，他们谈论着几乎和四年前一样的话题，从来没赚过钱，也没有为家庭操办过红白事。我知道阿肖这一年半都在菲律宾、缅甸和中国西南之间往返，做过物流还有瓷砖销售，但见到他周旋的样子还是很吃惊。

最吃惊的还是他松弛的表情——时时刻刻，他都吊着眼睛，嘴角微微弯曲，尽管眼睛里已经血丝满布，脚步都变得细碎，他还能保持着这样的笑容，划拳，喝酒，划拳。和大学时候相比，他至少胖了三十斤，这让他更像是生意人，而不是精壮的足球运动员。我不知道这对他是更好，还是更糟。

阿肖是家里的第三个孩子——这也很“闽南”。他有一个哥哥和一个姐姐，按道理，他的压力应该最小。但他还是承担着比同龄人大得多的业务，还有各方的期待。和大多数同学相比，阿肖是特殊的，他的归途在才上大学的时候就明确了。家乡对我来说，是从小立志离开的地方，而他，从未想过逃离。阿肖的家乡，像是网一样罩住他，给他财富，给他支撑，同时又给他一双双时刻审视他的眼睛。这张网随着晋江商业的步伐，扩张到东南亚、北美、欧洲，如果投身其中，几乎没有逃离的可能。

它的支撑和压力一体两面，有些部分令人羡慕，有些部分令人畏惧。当然，大多数人都能看到前者，就像新娘身上金光闪闪的首饰。

这些本来和我没有什么关系，但因为阿肖是我的室友，通常，我们会因为一个人了解一个地方。

二

在大学时，阿肖的成绩是专业倒数第一，但他其实是最擅长考试的人——尤其是和记忆力相关的科目。入学后的第一次考试他就崭露了头角。军训理论考试，老师在教科书上画了一大片重点，给我们一周时间背下来。阿肖只花了一个下午看教材，分数出来，他最高，九十五分。

后来我知道，阿肖的记忆力从小就很有名。高中时，他因为腿伤休学一年，高三过了一半，他才从理科转到文科。阿肖基本不去上课，就在家里看教材，半年后，他就考到了这所西南最好的大学。

刚进大学没多久，我就很少去上课了，阿肖也一样，他常常在寝室里玩QQ斗地主，或者去踢球，我则去图书馆看闲书，或者去篮球场随便打打。我们两个闲人很快就成了好友，一起从商业街的西边吃到东边。

大学中，宿舍里很容易产生矛盾。我们入学的前两年，尽管条件比大多数学校好——每个小屋为四人间，上床下桌，三个小屋合用一个阳台，还有公共客厅，但仍然没法避免问题。最重要的就是休息时间的差别。有人喜欢晚睡，有人喜欢早睡，还有人压根不睡，凑到一个寝室里，但凡神经脆弱点儿，或者动作大一些，总要引起其他人不满。

在阿肖的寝室，一位同学在团委当干部，精力旺盛，经常半夜灵感发作，狂敲键盘。另外的两人上床很早，只能在被窝里听着，偶尔咳嗽，或者说一句：你小点声。这种状况当然持续不久，很快，小屋内爆发了两次争吵。每到就寝时间，空气就很凝固。

阿肖的解决办法是：不睡觉。不是完全不睡，而是把睡眠分成很随意的时间，去单独陪那些醒着的人，实际上将他们分开。有几次我半夜起床，就看到阿肖和晚睡的人坐在客厅，一人拿着一个台灯看书。阿肖从来不去上课，也对我们的专业知识没有丝毫兴趣，此时却捧着一本教材在看。我立刻明白了，他在隔离矛盾双方。

每次同学聚会，阿肖又是另一种处理方式。十几个人出去聚餐喝酒，总要有些共同的话题，往往都是班里的女生，或者篮球、足球的事情。阿肖从来不是起话头的人，他只是在旁边观察，适当地帮助没人接话的发言者，偶尔看到某人脸色不悦，就岔开话题。我们有一阵子迷恋打扑克，八个人或十个人的对战，阿肖的实力都是最强的，因为他会记牌，又能敏锐地观察别人的脸色，判断大小。但他通常不会连着赢超过五把，对方输得很惨时，他也会故意放水，平衡输赢。

我的同学们大多数是独生子女，很少有人住过校，都缺乏和同龄人共同生活的经验。阿肖的存在像是缓冲器，能让双方的火气错开，而且需要共同协助的时候，把人黏合在一起。所以，每当有球赛或者生日晚会，我们宿舍的人都是最多的，大家都愿意在这里聚首。

但是出了宿舍，阿肖对学校的兴趣就不大了。

开学第一周，几乎每个人都报了社团或者学生会组织，只有阿肖什么都没参与，闷在寝室打斗地主。他也不参加任何班级活动，有时间，宁可自己买些财经杂志看，或者查询金融新闻。大二时，很多人为竞选学生会闹得不可开交，阿肖却早已在成都晋江商会找到了职位，帮助组织聚会，认识了很多西南的晋江生意人。

阿肖总喜欢讲晋江的故事。从他口中，我们知道他小学门口的“摩的”师傅，手握着几百万恒安的股票；知道安海镇上的一片空草地，现在价值几千万元；知道谁是从来不必在菲律宾机场过安检的华人；知道印尼的华人怎样贿赂、利用当地警察，将另一拨华人竞争对手遣返回国。当然，他还会提到晋江夸张的婚庆，阿肖连着三四天夸赞晋江姑娘聪明、贤淑，而且只要嫁妆到位，就相当于一份创业天使轮投资。

对我来说，阿肖的一切都是新奇的。我隐约觉得，阿肖圆滑、敏捷的处事风格，也许和他在家乡的经验有关。

三

大学第一个寒假，我独自在黑龙江西部作了一次火车旅行，为了省钱，专门挑夜间的硬座火车，只在面馆吃饭。之后，我又和同学一起去西安、兰州，回来后参加了志愿活动，到四川南部的山区做访谈，玩心越来越野，五月份去了重庆，六月又自己在云南转了一圈。

一大半的行程，都是逃课去的，每去一个地方，我都在社交网络上传照片，很多在校的同学会表示羡慕，我当然也对此很得意。第一次到西安时，我专门给阿肖发了一条短信，说这里比学校爽多了，他可以挑个时间和我一起穷游。

阿肖说："好。"

等我回到学校，才发现他根本没来报到。在我第二次出行之前，他一直也没回来，我们给他发消息，总是迟了一两天才回复，总是简短的"好""嗯""哈哈"。班级活动自然全部缺席。阿肖没有参加任何社团，学生会、团委也没有份儿，同学间逐渐给他起了个外号：阿消——消失的消。

一天晚上，阿肖突然回到寝室。每个人都问他："你去哪里了？"阿肖笑着，对河南人就说河南，内蒙古人就说内蒙古。晚上，我俩单独吃饭，他才告诉我，他从重庆才回来。

"一直都在那边？"我问。

"不止，"他说，"都在南方吧。"

"还能在学校待着吗？"

"可能过几天去昆明，或者贵阳，"他轻描淡写地说，"也没准儿回福建。"

一周左右，他真的又一个人走了，这次去了小半个月。他不像我这样张扬，但是去的地方明显比我多。

后来他回来时，我又单独和他聊了两次，拼出了他大概的路线。最开始，他多数是去重庆，因为那边有晋江的同学。他也常在九眼桥附近喝酒，那边有一个老家的亲戚，喝完就住在那边。他是我们同学中最早泡吧的人，虽然他的目的只是想见老乡。大二的一次欧冠足球比赛，他带着我去九眼桥，找通宵酒吧看球。顺着锦江，他指给我每家的特色：这里酒托多，这里有地下赌场，哦，不要去白灯光的那家，里面的男的眼神都不太对。等我们在桥边找到有直播的店，老板认出了他，开了几句玩笑，就拿他的存酒出来。

我知道，他这么频繁地找散落的晋江朋友，是因为他想家。校园生活对他来说太幼稚了，考试也是一样，满街的普通话、成都话，令他怀念乡音。而成都的食物辛辣，他只好连吃了一个月的沙县小吃。

更重要的是，校园能带给普通人的那些东西，对他来说都不需要。他父亲掌管着一个大型集团的核心业务，家族的商业网络跨越多个行业，遍布东南亚，他不会缺工作，也没必要讨好校园常见的重要人物——学长、学生会干部、辅导员、团委书记。他的世界不在这里。

有一次，阿肖自己回了趟福建，但他父母并不高兴。我认识的很多经商的家庭都如此，他们不愿意下一辈踏上同样的道路，只想让他们好好读书，有一份公务员一样稳定的工作。阿肖明白父母在想什么，之后再没有私自回家。

去酒吧多了，阿肖认识了新的朋友。最要好的是一位汽车模型销售员，那人负责西南片区的供货，于是每到一个地方，就给阿肖打电话，两人碰头，聊天，喝酒，见更多的人。慢慢地，阿肖拓展出了独属于自己的，远离家乡的关系。

他在这方面是一把好手，而闽南人独特的商业嗅觉，又让所有的一切变成经商的可能性。他给汽车模型供应商做过代理，还帮他看过铺位，而由足球队的朋友，他认识了北方某个城市的退休官员，差一点在那边投资了一个校园超市。另一次，他乘飞机和邻座的姑娘聊得熟络，留了电话。某一次，阿肖从外面喝得醉醺醺地回来，第二天才告诉我，是陪那姑娘还有两个县级干部去了。他们在成都凯宾斯基喝了一晚，为了拿到当地的红酒供应指标。

这一切，都让他离学校更远。他当然不再听课，渐渐地连考试都参加得少了。有一次必修课考试，阿肖给我打电话，希望我替他参加，我犹豫再三，拒绝了，最终考试前几个小时，他匆忙地从飞机场赶了过来。之后他几乎只选交论文的课程，远程写完，再托人送去。

只有足球队的比赛，他还会回来参加。足球是他另一件擅长的事情，由于有他和另一位室友的加入，我们学院足球队第一次闯进了校比赛的八强，第二年进入了四强。阿肖经常帮晋江的企业踢比赛，同场的几乎都是半职业球员，他也能应付自如。对阿肖来说，学院足球队队员比班级的同学更值得交往，他在那里像是友善而有威严的队长，而不是只提供小抄的阿“消”。

但第二年的足球赛上，他拼抢时被队友踩在脚踝上，结果部分韧带撕裂。他养了足足两个月才能走路，这之后，他就更少回学校了。

四

2011 年暑假，我抱着对晋江新娘、海滨沙滩、发达工厂的向往，去了阿肖的家乡。我准备在这里打工一个月，并打着如意算盘——在朋友家的工厂实践，能利用关系，从管理者到工人都谈笑风生，每晚下班，我就漫步到安平桥，漫步到沙滩上，海风习习，安静地整理一天观察后的思绪。

阿肖在安海镇汽车站接到我，先在他家里放下行李。那是一座四层楼房，住着他们家五口人。他很快就告诉我，自家的工厂不方便，要不，试一试别的地方？

最终，我在隔壁镇子东石的一家小雨伞厂找到了一份计件工作。工厂在坑洼的道路旁边，海滩是别想了，没有习习海风，也没有谈笑风生，过得很挣扎。

阿肖偶尔的看望是我唯一的慰藉。到工厂报到前，阿肖带着我去和他的朋友们喝茶，吃饭。这是他高中时候最要好的几个同学，现在都留在了晋江，未来也将会在这里。我想起自己的中学朋友，不同的是，他们多数都离开了东北，或者出国，或者在北上广，可以预见的未来，他们都不会考虑回去。

我们还一起去踢过两次球。和大学一样，阿肖的高中好友也都是足球队的伙伴，两场球下来，我虽然是门外汉，也能感受到这里的水平要比大学更高。晋江有非常多的企业联赛、村级联赛，每个参加的队伍都投资，拉职业或者半职业球员入伙，对抗很激烈。阿肖的几个朋友都算得上业余里的高手，他们也有自己的比赛网络。其中一次，我们坐了三辆车，开到另一个镇子——英林，和当地中学的毕业生踢比赛。阿肖有一个朋友阿林，个子很高，身体很壮，体力稍弱，下半场的时候和我一起坐在场下。他告诉我，这是几年前高中的时候，和当时英林中学的足球队结下的梁子。他们大概赢了英林一个球，对方不服，就约着再战。几年来有来有往，互有胜负。他们平时踢的比赛都是这种。

很快我就进到工厂里，一周之后，阿肖忽然告诉我，他要和父母去浙江拜佛，这段时间可能都没法照应我。他不在的那半个月是最难熬的时候，休息日我都不知道该去哪里，只好在宿舍里玩手机。晋江简直是佛教的天堂，每隔几公里就有一座庙，香火都很旺。阿肖说他家每年花在祠堂和寺庙的添油钱都有六位数，相当于当时我家一年的收入。

等到他从浙江返回，我已经快受不了工厂的节奏，而且不知道对什么过敏，身上起了很多红点。月底，我辞去工作，坐了摩托车去阿肖家里。他正和几位朋友在某座酒店吃饭。我径直到了店里，兜里揣着零散的碟片，没有洗头发，也没有整理衣服，就坐到了桌子的角落。一开始，他们还用普通话交流，我明白这是为了照顾我，但我太累了，很快就不再言语。饭桌上的语言慢慢变成了闽南话，他们开始熟练地玩起骰子，飙垃圾话，我如坠云里，仿佛灵魂出窍，像局外人一样，从空中俯视着一切，俯视着若有若无的自己。

接下来的几天我都住在阿肖家中。他正常地拜访着朋友，也带上了我，每一次，我都像是才回来的那天，坐在边角审视着所有人。我们去包下了晋江最大码头的商人家里做客，那是一幢独栋别墅。家里的少爷开着捷豹，吃饭时，旁边坐着一位厦大音乐系的女生，据说是才认识的"朋友"。我们去陈棣镇拜访，在各家大的企业之间往返，阿肖依次说着他们复杂的关系，偶尔提及："哦，前几天和这个董事吃了饭。"

英林、青阳、陈棣、安海、东石，我像是外星来客，依次记着姓名，跟着在茶桌上叩手指，虽然听不懂聊天，也还勉力做出微笑的表情。我发现我完全进入不了阿肖的世界，不只是语言的差别。那一个暑假，我第一次明白，财富的差距，最大的体现是在交往习惯上，能够对车、房、饮食安之若素，能够在复杂的权贵之间头脑清晰，淡然相处，这是最昂贵的奢侈。

有一次，我和阿肖，以及他的朋友们一起从饭店出来，我随后拍了一下阿肖的头。这是大学里再普通不过的动作，阿肖的高中同学却忽然都愣住，停在街上。

“杜啊，”阿林对我说，“你再拍一下？”

“怎么了啊？”我回头，说着，又拍了阿肖的脑袋。

“太爽了！”身后的人忽然高呼起来。我听见其中两个人支吾，“没见过有人这么拍大哥的脑袋！”

后来阿林告诉我，阿肖一直是他们这拨人的兄长。高中时候，带着他们打架，从高一到高三，没有人不服气。无论是踢足球，还是学习，阿肖都异常优秀，这令他们既佩服，又敬畏。这时，我才明白为什么拍阿肖脑袋引起了他们的欢呼。那一瞬间，我明白我真的进不去他们的世界，我太好胜了，无法对同龄人中的谁心悦诚服，何况是敬畏一位朋友。

暑假结束，我离开晋江，三年里没有再去过。虽然我是唯一去过阿肖家乡的人，但我知道，我们的距离更远了。

五

大学的最后两年，我忙着实习，做报道。阿肖偶尔回来，不是考试，就是办行政档案，两三天就走了。偶尔的交谈里，我知道他在菲律宾的亲戚那里做事，管仓库，或者在门店做销售。那是闽南人特有的海外历练，长辈们借此观察他，考验他的智慧、反应、品性。

大四的某天，他忽然回到学校，找了几个朋友喝酒。我去陪了一阵子，坐在阿肖对面，酒吧里很吵，好多浓妆艳抹的女人，正在窗口跷起腿坐着。阿肖呷了几口啤酒，看着我。

“杜啊，”他漫不经心地说，“毕业了和我一起做事吧？”

“再说吧。”我打了个哈哈。

再后来，他真的消失了，我越来越难拼出他的轨迹。只在朋友圈里看到些他寥落的踪影，好像他去了缅甸，又去了广西，似乎做了板材生意，哦不，也许是 LED 灯。

毕业那阵，他直到论文答辩那天才赶回来，上午答完，晚上就离开了，没有参加毕业照，连毕业证书都是别人快递给他的。我没有去成他姐姐的婚礼，只在过年或者过节发两条微信，再没了别的联系。

直到今年三月，阿肖又邀请我去晋江。我坐了早班飞机到泉州，阿肖的姐夫过来接机。婚礼期间忙忙碌碌，一直没机会和阿肖单独相处，第二天，我自己一个人回到晋江东石镇，打算去五年前打工的伞厂看看。

我叫了一辆快车，师傅是外地人，但来晋江十几年了。我说我就去东石转一圈，晚上七点回来参加婚礼。

“谁家结婚？”他问我。我简单描绘了一下。

“哦，胖子啊，”司机头都没有动，“他们家生意还可以。”

“也算是不错吧？”我问。

“嗨，在这里就算一般啦。”司机说，“倒是他们家的某某做得很大哦……”

我后背忽然出了很多冷汗。我没想到，原来一个普通的司机，都能这样了解各家的产业。我也没想到原来被人称道的晋江嫁妆，会被每一个人当作谈资，互相比较。我好像遥遥地触碰到了一张网，上面铺满了无数人的注视、无数人的挑剔，生在这里，就要在这张网中生活，就要接受从司机到富豪的指点。

大多数时候，一个人的压力，都来自最亲密的人。

我想起大学里阿肖唯一一次失控。那天他上体育课，踢球动作极大，面无表情，所有人都不知道发生了什么。晚上，他嘴唇发白，手不停地抖，我试图劝慰他，他说：“走，我们去校外转转。”

晚上十一点多，我们到了市中心，找了家餐馆坐下吃饭，喝酒。

阿肖慢慢地说出了原因：他远在东南亚的亲戚，因为一些简单的事情闹得不可开交，险些分家。他闷声咒骂不争气的表亲，我坐在对面，感到匪夷所思。

我不会因为亲戚的事情感到苦闷的，我心想。

我们喝了半打啤酒，那一晚，是我见过他最诚恳的时候。

“别人都会说，你家企业怎么样，你家有钱怎么样，但他们不知道我身上压力有多大。”

说着，他给我看他的右手。苍白，抖动，像是被福尔马林泡过。

“我一生气，手就这样子，”阿肖苦笑，“你们都不知道我压力有多大。”

晚上七点，我准时回到婚礼现场。几番礼节之后，就是喝酒。白酒啤酒解百纳，划拳，干干干。新郎家的人转着圈地陪客，我看见阿肖的朋友们都冲在最前面，很快就东倒西歪。

吊挂着的水晶灯下，一片杯盘狼藉，大堂里服务生一桌桌地倒下污秽的饭菜。阿肖依然保持着冷静，就像大学时候一样，忙前忙后，扶着所有醉倒的人去房间。

我仍然没有喝酒，坐在座位上看着人烟渐息。我仔细思考着，是什么力量让阿肖变得如此稳重、成熟，变成时刻保持清醒的一个人，变成扶着别人进屋的人。

我想不清楚，但我知道，这种力量不属于我。

豌豆射手

一

很早以前，我就失去了上课回答问题的习惯。准确说，是不主动回答问题，从不举手，从不抬头，被叫到名字了算我倒霉，站起来吭哧几句。

由于调座位，我坐过班级最前排，也坐过最后，无论是最前还是最后，每当我抬头扫过班级，会发现一片黑压压的头，台上高高的成年人永远是唯一露出脸的一个。当然，如果我和他对视，我就成了临时的第二个抬起头的人，那是被提问的前兆，我会立刻低下头，躲过顶上掠过的凝视。

提问！鸦雀无声。提问！闷不作声。提问！无人应答。学生也不傻，讲台上的成年人常把提问当作惩罚人的手段，被侮辱过的，看过别人被侮辱的，都不会主动撞枪眼。快到高三的时候更是如此了，我偶尔幻想自己回到那样的环境里，变成活生生的哑巴，惊出一身冷汗。

我就读的高中是全省前五的超级中学，中考结束，就会到各地劝说高分考生来就读。高一的时候，班里有两个县的中考状元，六七个外县学生，他们的学费和宿舍费都免掉，每月还有四百块钱的餐费补助。六月份，高考失利的复读生又会插班。

高三那年，班里来了五个人，四个本市的，唯一的外县考生叫樊文强。他高考失利，只进了哈尔滨师范。大概是拗不过父母，决定到大城市复读一年。当然，每个复读生都会说自己失利了，一年以后，我们班所有人见面都觉得自己没发挥出水平。樊文强太普通了，没有清华北大的潜力，但他竟然差一点就改变了班级的氛围，我至今都觉得不可思议。

文强进来的第一天，先站在台前自我介绍。他个头中等，穿着衬衣、西裤，手笔直地贴着裤线，眉毛皱着，盯着后排的黑板。台下，坐着一群做休闲打扮的城市学生，没有人，从来没有人在这个班级里穿过西裤，整个学校只有一种人会这样。

“大家好，我叫樊文强。来自青冈县，我……”

我听到很多人在窃笑，但我不明白在笑什么。我和班里流行的话题从来都脱节，因为家里的电视没装闭路，没有宽带。上了大学，知道许文强是谁后，我恍然大悟。

樊文强站在前面，脸上有点红，他被安排在最后一排，和我隔了三张桌子。班主任继续上课，教室里又恢复了黑压压的景象。文强解开衬衣最上面的那颗扣子，呼哧哧地喘气。他的脸真红啊，他才做过农活吧。

我饶有兴致地看了他十分钟，那一节课，我们俩是唯一抬着头的学生。

二

上了高中，我开始喜欢和外县生打交道，还把其中最沉默、最努力、成绩最好的一个当作我的偶像。高三时，年级考试会贴成绩单，没事了，我总去看看，哪个县的谁又进了前十，我都替他高兴。

原因很简单，我觉得我和他们一样，都不属于这个地方。我从来就没把自己当过本地人。户口？我的户口在十年内换过四个地址，进出农村和城市两次，花了父母至少一万块钱，就是为了能在这里读高中，能在课堂收费的时候，不必一听到“借读生”就举起我的手。好吧，我坐在这里读书了，所以我就是这个群体中骄傲的一分子？

不，一个连共同的电视剧都没看过的人，不足以谈集体。

这座城市以油田出名，也以油田为傲。全省前五的高中，这里就有三所，人们会在贴吧里相互争执，比一比谁先开了麦当劳、星巴克，比一比谁的杰克琼斯店多。人们的钱赚得如此安稳，消费也是如此铺张，其他市县羽绒服还没替代棉袄，这里的貂皮已经和工服一样普遍。如果你是一个附近市县的移民，你会听到很多油田的财富故事，说都说不完。

上大学后，我经常坐过夜的硬座车回家，春节期间，车厢过道铺满了行李，行李上睡着带娃的妈妈、抽烟的中年男人，他们最喜欢强调油田的富有，打探彼此的工资，眼睛随时转着，琢磨来年的生意。渐渐地，我知道周围的二人转剧团、马戏团没钱了，就会往这里走一圈，盆满钵盈。

我记得最深的是一位转业军人，他上车后就开始喝酒——白酒，一杯三两，我看完一章小说，抬起头看，他已经倒了第二杯。

他没有下酒菜，只和旁边的人闲聊，后来问我，哪里人。我说完他就笑了，抄起杯子，就这么看我。

“我二十年前去过油田，”他晃晃头，“第一次去的经六街。那时候你应该还没出生。那时候的油田不得了，隔了老远，我就见着花花绿绿的光，近了看，嗬，霓虹灯，落地玻璃，闪得我眼睛睁不开。店门口啊，还站着短裙短衣裳的娘们，二十年前啊，咱们上哪儿见过这个？我就琢磨，石油工人过得好啊。”

我看着他，心想，啊哦，抱歉咯，我又不是石油子弟。

樊文强也肯定不是。

第一节课过去，樊文强才收拾好东西，我过去和他打招呼，他腾出一只手，和我握了握。握手？倒真是外县朋友。我扯了几句有的没的，假装知道他的家乡在哪里，为高考的失利遗憾，祝他在这里获得成功。我想，我很愿意帮助他。上课了，我又回到处在角落里的座位，借了同座的手机，打游戏。

英语老师是位中年妇女，她喜欢搽很厚的粉，抹浓厚的口红，声音尖细，就像她的高跟鞋一样。每节课，她都要听写单词，之后提问上节课的内容。

“上次讲了，条件从句中，表示和过去事实相反的谓语形式是？”她问。通常这都是自言自语的项目。她前几天才对学生感叹："你们怎么不如高一时候活泼了？"

"have done！"

角落里忽然响起来一个粗粗的男声。本来趴着的黑头发齐刷刷转过来看。

这位置就在我旁边，不用看就知道是谁，但我还是看了两眼，生怕弄错。

"不错！有人记住了！"老师说，"这是新来的同学吧？"

樊文强一动不动，下巴微抬，用眼睛对英语老师闪了闪，表示高兴。他就像敏锐的猎犬，等着下一次猎物的出现。班级里又有一阵私语，他也没有反应。

我的心里咯噔一声，这个家伙好像不太明白班里的氛围，他怎么能出这么大的风头呢？

厚口红的老师又提了几个知识点，角落里的一声每次都第一时间响起。速度越来越快，声音也更高。我看过去，文强的脸再次红起来，但他没了台前的拘谨。他摆弄着课本，快速地找到页数，准确报出来，我甚至看到他回答的时候，右手还转着笔，旁若无人。

他并不需要我，我想。接下来的每节课，他都像这样大声接话，抢答，互动。是他们那里高中的风俗就这样吗？还是他父母叮嘱，要应和老师？不知道。我看着他在寂静的教室里响亮地应着，像豌豆射手一样，独自狙击着压制着僵尸。一遍又一遍。

三

几年之后，我再回想樊文强的时候，还是会被这个画面震撼。没有什么比一屋子少男少女沉闷不语更恐怖的了。如果你仔细思考，这一切是怎样变得这般压抑，就会感到无力和可怕。万马齐喑并非真的要有一万匹马，大多数时候，四五十匹就够了。

那天结束，樊文强已经成了同学们心照不宣的笑点。几个平时里活跃的同学正在给外班的人讲笑话。

“就是那个，”大家笑嘻嘻地交流，“总抢答呢，抢得还错了，第一个就把 had done 记成 have done。”

樊文强好像都没听到。我也不明白他怎么想的，班级里几个男生和他打了招呼，他回应得并不太热情。他不会打球，不会踢球，不打游戏，看样子除了和老师互动，就没有拿得出手的爱好。我想和他亲近，却不知道从哪里入手。

还好我们住在一个宿舍楼。我在五楼，他被安排在三楼，区别就是四五楼是四人间，上床下桌，有单独的柜子，一二三楼是六人间，所有都混在一起。我帮他提了行李，送进寝室，铺床的间隙，我上楼取了一点零食下来给他。

“不用不用，”他反应很大，“你留着吧，不用的。”

我太熟悉这种推搡了，就把东西放到一旁，坐在他床上聊天，走的时候放着没拿，他也就默许地收下。一盒核桃，牛奶，奥利奥，完了。我只是真的想为他做点儿什么。

寝室并不是一个温情脉脉的地方，无论男女。我在幼儿园的时候就住宿过，上了小学五年级，一直住到大学，成年社会的罪恶从寝室里就埋下了种子。霸凌、打架、偷盗，每年都有很多。但最严重的恶还是成年人的压制。初中时管理寝室还温和，用监听器，巡逻，保证走廊里按时悄无声息，上厕所，也要按照管理条例，我们从一开始就习惯了。高中就更强硬一些，搬到新的宿舍楼，宿管是个退伍的矮个，大家都叫他老马，寸头，巡逻时总提着一根警棍，平时没有好脸色，经常搜查东西。据上一届高三的说，他们毕业时老马被按到草丛里猛打了一通，可消了大家的气儿。我严重怀疑这是大家的意淫，因为上上届的人就说过一样的话。

老马没什么文化，倒喜欢咬文嚼字。有一次他到了宿舍，发现里面的人养花，快要枯了。老马摸了摸土，说，这花 gui 裂了啊。学生站着一动不动，绷着，等他离开了才爆笑起来。老马很喜欢用监听器，可以说是最喜欢的东西，他把监听器当电台听，一中午换好几十个宿舍，时而训斥一下。监听器是双向的，接着老马的麦克风。某天半夜，我们屋卧谈，讲了很多黄色笑话，大家笑得床都在颤。不过笑了一会儿，忽然觉得不对劲儿，寝室的磊哥示意我们不要出声，还听得到有人在嘿嘿地发声，以为撞了鬼，吓得魂飞魄散。末了，才明白是监听器那头的老马，他听了笑话忍不住，嘿嘿嘿了半晚上。

樊文强来的第二天中午，老马喝了点酒。十二点多打过铃，忽然听见他的吼声，隐隐地，应该是训话，只是这次时间格外长。我们都躺在床上面面相觑，一会儿训斥声停了，换成了噔噔噔的皮鞋声。再然后没了声音，我们所有人都吓得僵直。

“操你们这帮愣头小子，都给我出来！”老马吼道，duang，他敲了一声警棍，“都他妈站成一排！”

扑棱棱所有人都下了床，齐齐地站在宿舍门口。老马像领导检阅一样从中间穿过，没有人敢直视他。

“你们高三了啊，”他踱着步，拍着警棍，“学校让我多照顾照顾你们，那就照顾照顾。都别给我找事！”

那天中午他训了十分钟，走了，留着我们罚站到响铃。下午我去教室，发现樊文强没在，直到第二节课才来。晚上朋友告诉我，老马在三楼训话的时候，樊文强应了两声，结果被老马给了两耳光，让他自己罚站到下午，直到班主任去才带了回来。

四

一周了，樊文强仍然每节课接着话儿，随时回答问题。每个老师都记住了二班的外县生，英语老师还当众夸了他两次。

我偶尔会替樊文强尴尬，但我更感到愤怒，对自己的愤怒。因为我觉得他做的事情是对的，是鲜活的，有人提问，有人回答，就应该是这样，我却因为别人的沉默替这位发言者担心。我越来越将此归为自己的软弱、㞞。知道什么事情是对的，却躲着，不是㞞是什么？

星期四早上，我吃了三个包子，喝了一碗豆浆，在校园里多走了一圈。进班级时，早自习已经开始了。我坚定又坚定，给自己打气。上课了，还是英语。老师照旧听写单词，我胡乱画着，当时还不知道这些胡乱写的分数，会成为英语老师质疑我期中考试抄袭的证据。我只觉得自己脸已经涨得通红，像初次做坏事的儿童，憋到要爆炸。

提问了。我的心跳得猛烈起来。

沉默，只有樊文强照旧应着。英语老师的口红在空气里划出一道红线，我恍惚地只能看到这一抹红色。我告诉自己，你要帮助他，你不能比这个人懦弱，你要较劲儿，要上强度，你要发声。

忽然我就喊了一声，声音含混得自己都没听清。大概那根本不像是回答问题，很快就有同学回头看，我倏地低下头，脸烫极了。他们可能没明白，我是想要回答问题，不是拉肚子或者抽了风。

前排的胖子怼了怼我，意思是“你傻了吗”。我没理会，觉得轻松一点了。

又提问，樊文强应着，我没吱声。

再提问，樊文强应着，0.5 秒后，我嗫嚅着附和了一句。回头的人少了，我也敢抬起头看讲台。虽然刚才那句话我根本没过脑子，只是重复了他的声音。我就像复读机一样，这不是最理想的勇气，可我管不到那么多了。

再提问，嗫嚅。

再提问。重复。

一节课，我挣扎着附和了很多次，实际上没任何用，我像是个累赘，只会增加滑稽效果，反而会给他压力。

下课时候我去找文强，他没有任何特别的表示，我想问问前天老马打他的事儿，犹豫了，没想到怎么开口。又上课，我回到座位。这一节课我没再开口。我害怕看到别人的目光，害怕提问的声音，害怕寝室，害怕这个富裕的学校。那瞬间，我觉得我就是个傻 ×。

五

星期五，樊文强忽然不说话了。一上午，整整一上午，他没有答应任何一个提问。我非常不适应，班级里有些人也一样。偶尔有人回头看，大家似乎习惯了有声音从后面飘起。

最奇怪的是英语老师，她还专门踩着高跷走到樊文强身边，看看他是不是病了。也许吧，但樊文强什么也没说。我看到他心不在焉，不停地转着笔。

中午时候，樊文强找到我一起吃饭。这是他第一次主动找别人，我很惊吓，但还是一起去了食堂。打了饭，他告诉我，他想转走了。

“啥？”我差点把盘子洒在地上，“为啥？”

“不适应吧，”他说，“我还是走吧。”

我差点就说出来“你不能走”，这样不好，我告诉自己，于是只瞪圆了眼睛看他。

“我不知道为什么，觉得自己好像不适合这儿。”他说。之后，他留了我的手机号，说他上大学后也会办手机，以后常联系。当天下午，我看到他去了一趟年级长办公室。晚上，他告诉我已经和学校说完了，父亲第二天早上来接。

“你转回老家吗？”我问。

“不了，去上学。”

我愣了一下。

“上什么学？”

“哈师范啊。”他说，“认识了都是缘分，以后有机会再见吧！”

当天晚上他就收拾了行李。

第二天早上，也就凌晨四点左右，忽然有人在楼下重复一个名字。声音像蚊虫一样，透过玻璃传进五层楼的寝室。我被吵醒，发现其他三个室友也都醒了。

“哪个傻 × 这么烦？”磊哥说，我们翻了个身。过了十分钟，声音还在叫，每个人都很烦躁。

磊哥翻身下床，看了看，说是一个中年人站在楼下，好像在喊谁。他把窗户打开，狠狠地骂了一句。我却在开窗的瞬间听到了名字：樊文强。

樊文强，樊文强，樊文强，樊文强……像是复读机一样。我赶紧下床看，是个男人，拎着小包，被门卫拦在了外面，正缓慢地喊着名字。我想起来樊文强没有手机，这可能是来接他的父亲。

“501 喊什么？！”监听器传来老马的声音，我们赶紧翻身上床。

后来，声音又持续了一个小时。大概是门卫终于搞懂了中年人说的名字，樊文强来的时间太短了，还没有在门岗登记，而他的父亲又不知道他的宿舍号，只好在楼下叫着。

五点多，樊文强扑腾腾地出现在宿舍楼门前，拎着一捧行李。我趴在窗前看着两人肩扛手拎，一拧一拧地往校外走。他们走错了，我看到了，那条路绕了更远的一圈。

之后就没有樊文强的消息了，我们复习，高考，每个人都抱怨自己失利。班级里排名倒数的两名同学靠着关系进了最好的大学，这个我能理解，毕竟人家出了钱。

再后来，我听一位考去哈师范的朋友说，樊文强在那里当上了学生会主席，风生水起，是个名声在外的人物。所有人都夸他能力突出，尤其擅长演讲，声音洪亮，语气连贯。

我很高兴，把这个消息告诉了几个同学。我说樊文强在哈师大很有名呢，同学都看着我很疑惑，樊文强是谁。

我说，就是那个上课抢话的人啊。他们还是没想起来。

强哥，许文强，樊文强，你还笑话他来着！

仍然没有印象。

我忽然意识到，樊文强就像豌豆射手一样，永久地被僵尸碾过了。他的作用微乎其微，而观众，只有我一个。

文艺青年贝贝

一

才上大学没多久，我就发现了一个简单的真理：想要逃课不被老师发现，最重要的是有一个平凡的名字。既不能太拗口，这会挑起有认字爱好的老师的兴趣，也不能太常见，总会有那么几个老师，喜欢挑和熟人重名的家伙认一认。如果，你的父母不幸给你起了个很卡哇伊的名字，那惨了，你会被每个老师像吉祥物一样，在每节课堂上拎出来。如果这个名字恰巧很香艳，呵呵，你就等着期末因缺课太多挂科吧……

既卡哇伊，又香艳的名字不多，但还是存在的。比如：贝贝。

刘贝贝、赵贝贝、包贝贝、艾贝贝……感受一下，假如你在讲台上，拿着一本名册像翻名牌一样，挑一个十八岁的人，站起来在你面前羞赧地对话，你会忍住这种名字的诱惑吗？

我们的老师就忍不住。几乎每学期的第一次课，贝贝的名字都会被叫起。这时候，我的室友就站了起来，全班同学默契地大笑，留着目瞪口呆的老师站在讲台上。

这个贝贝是个男生，河南人，一米七五左右，发际线奇高，下巴奇短，经常穿着很有地域特色的夹克，露出很茫然的表情。第一次在寝室见到他，我随口一问，你是来送学生的吗？

“你叫贝贝吗？”台上的老师都会反问这么一句。

“啊。”贝贝张圆了嘴巴，叹口气。

“那，你来回答一下这个问题吧。”

“哦，zhei 隔（这个），窝埔毁呀（我不会呀）。”

最后，贝贝成了我们逃课的报信员，有几次老师集体点名，他都给我们发短信。没办法，所有老师都记住了文新学院有个男生，叫贝贝，他走不脱。

不过，从大学第一天起，我就知道贝贝不喜欢这个专业。他本来读的理科，由于视力问题，最后调剂到这里。大学的第一周，他四处打探转专业的方式，有一次听说 ACCA 任意专业都可以报考，就去领了宣传材料。ACCA 是世界上最著名的会计师专业团体，它每年都会举行资格考试，一旦通过，钱途不可限量。

贝贝穿着他的夹克，捏着证件就去了。没一个小时，他就回到了寝室。

“怎么样，通过没？”

“没哎，”贝贝脱下他的夹克，用资料夹子当风扇，“老师说，最主要的是家庭条件要好嘞。好像教材都是原装的，学下来挺贵。”

我“哦”了一声，知道这戳中了贝贝的弱点。于是，我在那里痛骂了一会儿唯利是图的学校，贝贝没理会。末了，问我：“吃饭不哎？”

从一开始，我们就知道贝贝的家庭条件并不好。他没有买学校统一的被褥，而是自己从家里背了一套。第一周上课，所有老师都要求作业交到邮箱里，贝贝在路上问我，邮箱怎么注册呢？

大一上学期，他是唯一没有带笔记本电脑的人。寝室里，我们打游戏，看片，写作业，他都在床上摆弄手机。偶尔，要交作业的前几天，他会忽然走过来，说：“电脑借我弄一下哎？”

所以，贝贝很早就开始兼职。他做过家教，卖过英语报，发过传单，还在地产公司的活动上穿上厚厚的玩偶服装，和来参观的人合影。贝贝从来不觉得这些兼职让他损失了时间，有一次他刚从地产公司回来，我问他累不累。

“挺好玩的啊，”贝贝说，“穿上衣服，你就可以随便靠近漂亮女孩子，还可以主动抱嘞！”

贝贝不珍惜学校的时间还有一个原因：他瞧不起这个专业。用他的话说，这学了也没啥用啊。每次聊天，我们说到专业可以做什么，他都一副不屑的样子。有一天，我忍不住了，就说他，这个专业最大的好处就是闲，所以，很多人都会去创业。你也可以去嘛！

“很多人？”贝贝问。

我心里一慌，说是啊。

“谁，你跟我说个名字？”

我立刻卡在那里，忍不住心里骂了他一句：“你妈的贝贝，不给我台阶下。”

二

大学的前半年，贝贝都心不在焉。学生会、专业、流行文化，贝贝全不感兴趣，即使我们常打趣自己的专业毫无知识含量，但也会发现，贝贝和我们存在知识的鸿沟。他没有完整的地理概念，历史的知识也很少，不知道大部分文学地标，电影储备相当于零，而他擅长的数学、物理，在我们这里完全构不成话题。

但他喜欢看书，我是说，纯粹因为好玩，才去看的那种。才入学时，我和贝贝一起去过图书馆。新校区的图书馆才建成不到五年，很新，书架摆满了三层楼，不区分阅读区和自习区。贝贝在第一排书架前面停下，转了很久，用他浓重的河南口音对我说：

“这么多书啊！这下好了。”

之后，他就经常往图书馆去，以前躺在床上只是玩手机，慢慢地变成了看书。他借阅的书目跳跃性极大，前一本还是《明朝那些事儿》，后一本就是《尤利西斯》，有时候还能看到《羊皮卷》《炒股精选》《三十六计》等地摊货。我见过他看电视的时候，手里翻着《西方哲学史》，总之，毫无章法。

不过，看书的爱好并没有改变他对文科的厌恶。也不怪他，第一学期过去后，男生几乎都失去了上课的兴趣，玩游戏，踢足球，找兼职，做义工，成绩都排在了专业倒数，少有的成绩靠前的男生，都是为了刷分数，保研或者出国，没人真的尊重自己的专业课程。

我们都知道贝贝想转专业，他有一个高中同学，在材料学院，贝贝经常去他寝室闲逛，有一阵子，他和那边的朋友好像比原宿舍的都熟。偶尔同学也会来这里找贝贝，他们闲聊时候，贝贝反复地说，羡慕你们工科，羡慕你们有东西学。

然而，按照学校规定，贝贝却没法转走，因为他成绩太低了。当然在男生中还算可以，我们最低的绩点才 1.7（每科勉强及格），但是转专业要求平均绩点到3.0，而贝贝想转到理工科学院，还要出具数学成绩。但是新闻专业，是不学数学的。

那阵子贝贝的脸色混合着疲惫、厌恶，话也不多。以前寝室里常开的玩笑，贝贝都不再参与。

做学生会工作的同学来聊近况，贝贝会直接问他："你不就是想为自己升官吗？"

总喜欢讨论女孩的内蒙古同学，标榜自己对纯洁的追求，贝贝都直接打断："放你妈狗屁，我就不信你心里不想上？"

我也被他骂过。有一次我和别人约好去市区，收拾东西时贝贝才回来，我随口一问："贝贝，一起去哇？请你吃饭。"贝贝把书包甩在桌上："别装了，你压根就没想到我会回来，也太会做人了吧。"

可以想象当时有他在，寝室的氛围多么紧张。我们都不知道该怎么面对他，关键是，他说的虽然难听，但都是真话。

最后一次看到他跑教务处，手里的成绩单都快攥成宣纸了，走之前，他自言自语："妈的，要是还不让我转，我就说不念了！"听得我心里一哆嗦。

可他还是没转成，也没有真的退学。学期末，他基本上天天待在高中同学的宿舍里。一天晚上，忽然他的高中同学来敲宿舍门，打开发现贝贝正瘫坐在走廊里。我们七手八脚地想抬他进来，刚一动，他立刻就吐了。高中同学解释，说他们专业喝酒，正好贝贝在，就一起去。没人劝酒，没人喝醉，结果快结束时，贝贝毫无征兆地拿起桌上的白酒，一口气喝了大半瓶，马上就软了下去。他们四个人费尽力气才抬了上来。

说着，平躺在地上的贝贝又吐了。他没法扭头，也没发出声音，秽物就像喷泉一样，从他的嘴里涌出。我赶紧拿抹布掩住他的鼻孔，三分钟后，他又睡着了。

三

这场大醉过后，贝贝重新和我们熟络在一起。经过一年的努力，他有了稳定的家教客户，也买了电脑，再也不提转专业的事情，平时和我们一起打球，偶尔开开玩笑。也许是因为课程忙，他的高中同学不再频繁地出现在我们宿舍。一直到毕业，贝贝都没再沾白酒。

他开始疯狂地看电影。学校的校园网有内网论坛，经常有高清的资源，下载速度极快。他的电脑桌面常常堆满了电影，光播放器就六七种。贝贝从来不问别人应该看什么，不应该看什么，只要他听到名字，几乎当天就把片子看完。他偶尔觉得哪个导演不错，就把网上所有能找到的导演作品放到一个文件夹里，不到两天，准看完。

贝贝听歌也是一大奇观。有一次我用他电脑听歌，发现特别卡，但是他才删除了大部分电影，而且没装任何游戏。于是我就问他是不是电脑中病毒了。

“没有哎，”他看了一眼，“这速度正常。”

“纳尼？你不是才买一年吗？”

“哦，因为我缓存了很多歌曲。”他过来翻了一下，我足足看他的鼠标滑了二十秒，还没到头。

“大概几千首吧！”他嘿嘿笑着。

到了大三，贝贝已经是我们当中读书、阅片、听歌最多的人。谁也不知道他到底看过多少，当时我特别依赖豆瓣，每天最兴奋的事情，是晚上登上账号，把当天看完的书标上，顺带仿照书评人的口气写两个评语。我对这个成果非常得意，还制作过自己的书单，看到别人点赞，都恨不能立刻发站内信过去，指点下人家，该怎么看书，看什么书。

我就劝贝贝，说你应该注册个豆瓣，把看过啥书都标记下。他说行，就弄了一个。两天之后我看他不更新了，就问他为什么。

“太麻烦了。”他说，“我看完自己知道就行。给别人看到有啥用嘞？”

我被呛在那里，瞪圆了眼睛看他。半晌，我默默回到自己的桌前。他说得太他妈对了，我一点反驳的理由都没有。

大三下学期，同学都开始准备未来的出路。保研的人内斗正酣，出国的也忙着刷学分，找工作的人则四处寻觅实习机会。我们隔壁寝室的冰清想考研，但是想跨专业跨学校，去电影学院。为此，他列了长长的单子，制订时间表，发誓要看多少部经典影片。有一个月，他在北京培训，回来之后串门到我们寝室说他知道的奇葩电影。他先讲了几个反情节的实验电影，忽然话锋一转：

“这些电影虽然很先锋，但在圈里还有些名气。”冰清在寝室里走着，“可是有一部片子，多数圈内人都看不下去，却拿了不少奖。我们老师说，就没见过比这更闷的片子。你们肯定都不知道，就是讲尼采啊，看见一匹马……”

“哦，”角落里的贝贝低声说，“是吃土豆那个吧？”

冰清停止了踱步，走到贝贝面前：“你看过？”

贝贝身上裹着被子，眼睛都没有离开电脑。

“好像叫什么‘都灵之马’？”他说，“上个月看的吧。”

“你牛逼！”冰清一字一顿地说完，转身就要走，关上门之前，还回头看了贝贝一眼，“你真牛逼！”冰清又说。

贝贝依旧眼不离电脑，迅雷发出“嘀”的一声，他又下好了一部电影。

四

到了大四，我们几个都没找到合适的工作，却也不急，还经常一起去茶馆打牌，或者闲聊，消磨还有一年的大学生活。

那时候我已经在标书的帮助下，攒了不少阅读量了，比起贝贝割草机一样的阅读方式，我相对精细，还会做笔记，做些参照。但是我和他一样，也是自己随意地读，从鲍德里亚读到福柯，中间穿插着哈耶克和米瑟斯，我把文化人类学和博弈论放在一起读，笔记混乱到一年后我都认不出是哪一本书。大三时候，我顺藤摸瓜，居然把中国法理学的教材读了一遍，这和我的专业，和我未来的工作基本没什么联系，却又从中找到了几个有趣的作者，跟着他们，粗粗看了下《圣经》研究概况。

读书乱了，我的心思也容易乱。我还记得最迷茫的时候，我陷入对书本的虚无理解中，我不相信任何人说的任何理论，搅糨糊一样地觉得都是错的。有一次去听罗志田老师的讲座，到了提问环节，我一直举着手，现在想想，幸好主持人没点到我。因为我想问的问题非常愚蠢：

“老师，求求你告诉我，这个世界还会好吗？”

说来奇怪，所有同学里，我唯一相信的就是贝贝。当然了，能有类似阅读量的人也只有他了。我把他的判断，当作正常的、没被干扰的标准，如果我不知道该怎么看待一件事儿，我就去问他。

贝贝的回答一直很干脆：

“这个人哦，没看过。”

“看过这本，写得好玄，看不下去。”

“这不可能嘛，还奴役，我怎么没感觉？”

我把这些回答当作“论语”一样的语录，听到了，就很放心：“太好了，我又有一个正常的态度面对了。”

慢慢地，我们关于读书的交流越来越多，有了和旁人不同的精神话题。大四的某天下午，贝贝忽然约我，说：“晚上咱俩去吃蹄花。”我心里疑惑，为什么要两个人？有什么事情吗？在寝室不能聊？但没提这些，只说：“好的。”

我们在学校的小北门点了两碗蹄花，两盘烧烤，还有十瓶啤酒。随便扯了两句，贝贝忽然问我：

“你知道死是什么滋味吗？”

我一愣。我怎么可能知道。

贝贝喝了一口啤酒，眼睛盯着外面。停了一会儿，他才回头说：

“我以前不相信，现在才慢慢明白，人都是要死的。”

我心想这不废话吗，可是看他的表情并没有开玩笑的意思。他慢慢聊，我才明白，原来他母亲和奶奶一直信着河南本土的基督教，从小就告诉他，人只要信上帝，就不会死亡。贝贝对此深信不疑，但是那阵子他同学的父亲忽然过世，以及他大伯的因病去世，给了他特别强烈的冲击，他多年的信条崩塌了。

我们在蹄花店吃到十二点，喝了很多的啤酒，最后结完账，还拎了两三瓶回校园。我们晃晃悠悠地挤过小门，走在月光明亮的文华大道上，即将到宿舍时，贝贝突然坐在了地上。我此时也晕得厉害，本想扶他，却踉跄得直接躺倒。这是一个十字路口，我们躺下的旁边，是西区澡堂。贝贝又喝了两口酒，模模糊糊地说着什么。我尽力去听，好像是：

"如果必须要死亡，为什么还要活着呢？"

听了两遍，确定了，就是这句。

澡堂每晚照例要清洗，水会一直流到马路上。我们对面，是一片低矮的灌木，不知道多少情侣曾在这里度过青春的夏夜。我们勉强撑起来自己，坐到了路肩上，贝贝捂着脸，另一只手绕着啤酒瓶在转。他喃喃地问我：

"如果注定要消失，那么为什么还要有现在呢？你不会想这个问题吗？我们所有的一切，都在一个巨大的荒谬之上，你还怎么能沾沾自喜呢？这个荒谬在头上悬着，你还能当作不存在一样生活吗？杜啊，为什么你们就可以像没事儿人一样？"

我确实像个没事儿人一样生活，但这是在今晚之前。也许是因为酒精的刺激，也许是因为这笼罩了世界的黑夜，此刻我被他的这些问题击中了。头顶的乌云像是那个荒谬，随时准备炸出闪电，打在我们身上。我开始尝试感应到存在本身，感应到我们注定要死亡，一切没有意义的死亡。

那是我最难忘的一次醉酒。我后半程完全无话，只听到他在自言自语，我们把酒瓶扔到对面的灌木丛里，扔到地上，看着碎玻璃碴儿像弹珠一样起飞，降落。我们两个一起承受了荒谬，然后，爬回了身体住着的宿舍。

后来我才明白，为什么贝贝会看那么多哲学类的书，尤其喜欢叔本华和尼采。虽然，没有任何哲学家能够解答荒谬本身，但他们的著作是有意义的。有时候，你只要知道很多人和你一样痛苦，和你一样无力过，那么眼前的一切，都会变得可以忍受得多。

五

后来，我去了北京实习，在找工作和完成工作的压力中，慌慌张张地度过了毕业前的半年。这期间贝贝也一直在找工作，但他的阅片量、几千首的缓存歌曲、杂七杂八的阅读不能帮他打动HR，到最后，才确定去了贵州的一家报社。

我知道他还在追求一个姑娘，对方一直没有答应，也没有不答应。不过我早就明白，他追不到人家，因为他像和我们聊天那样和女孩说话。太直了，我想，无论口头上说什么，没人真的准备好和这样的真诚生活在一起。

毕业后，我一直在北京工作，有一段时间每周要重写至少两篇三千字的稿子，处理几万字的论文和录音，急得直掉头发，也就很少和同学联系。某天晚上，忽然接到贝贝的电话，没想到一聊就是一个小时。他讲了在报社的不如意，被分配到了特刊部，写饮食、宠物知识。有一次，他加的宠物群有人发了张照片，说是某某可爱的小狗死了，请大家给它祝福。群里纷纷闪起［蜡烛］，他翻了图片看，觉得之前在哪里看到过，就问了一句："这狗是最近死的吗？"

结果所有人都开始攻击他，说他没有同情心，人怎么可以这样冷血，记者就喜欢煽风点火吗？连一只狗都不放过，黑心的玩意儿，根本不配养狗。

"我日他们的妈，我就问了一句话，至于说这些哎？"

后来他就从宠物版退了出去。当时我宽慰他，但是心里的声音告诉我，别说了，他能明白你这只是客套。

去年我辞职后去了一次贵阳，见到他，头发明显少了。他谈了女朋友，两个人还谈论起各楼盘的优劣，听得我恍如世外。我在他家里，看到了那台有无数部电影、电子书、音乐像水一样流过的电脑，忽然想起来大学那种漫无目的读书的日子。那天，我俩单独在午夜的贵阳散步，当然，这次没喝酒，即使喝了我们也不会再扔啤酒瓶子，再质问存在的意义。

我说："要不去北京吧，那里机会多点。"

贝贝抿着嘴唇，说："嗯，也许吧。但是，唉。"

我马上改口，说："贵阳也挺好的，北京那种地方，又贵又雾霾，没啥意思。"

贝贝抬头看了我一眼，我心里一凉，完了，又被看穿了。幸好他没有当面揭穿我的虚伪说辞。我们绕着文昌阁走了一圈，我就回到了宾馆，他仍然要回家写稿子。我看着他的背影，一阵荒谬感涌上来。是啊，我们都在这巨大的荒谬下生活，却都尽力地若无其事。没有人能永远保持真诚的追问，就算是最纯血的文艺青年，那个割草机一样清爽的少年。

摄影师：Littlecal

叁

Three

缠斗

我很快就答应了眼前的女孩。
准确地说，
是在我和她对视的瞬间，
就在身后一群年轻人嬉笑打闹时，
她抬头看着我，
没有笑也没有回头，
眼睛清澈得没有一点波动，
没有一丝嫌弃和调侃，
她是真心的。

一种从未有过的渴望攫住了我。

你爸找了个女朋友

一

小李的爸爸新找了一个女朋友，这是小李的妈妈告诉他的。

小李妈妈告诉他的时候，他正在团结湖的精酿酒吧喝酒。酒刚倒进杯子，小李的电话响了，传出他妈妈近乎崩溃的哭声：

“小李，老李他……”

“说。”小李迅速切断他母亲的话头。

“他……我的天哪，没脸说了啊……”

“哭什么？！先把话说明白！”

“他找了一个年轻女人！我发现了！他还觍着脸说这是他

女朋友！”母亲抽泣了一声，又一声，五分钟后，小李不耐烦地说：

“你们两个的事儿，你们两个解决。”

然后挂了电话，一缩手，啪，手机摔在桌面上。小李没顾着。

小李杵在吧台边上，脑海里闪出母亲惊慌、激动、兴奋的脸，这张脸令小李烦躁。他想象着母亲揪着大红挎包，打着一辆肉电混合动力三轮，跟踪着老李。母亲的羽绒服一定掖在屁股下面，挤得边缘滚包了，她都来不及平整，眼睛直直地穿过三轮司机的军大衣，看着老李，就像一只心理变态又发了福的母秃鹫。时机到了，一把揪起包和衣服冲下去，又打又哭。

小李又想到父亲漠然后撤的样子，躲开母亲匍匐抓过来的手，像看着训练不精的猴子。

“搞他妈的什么！”小李捡起手机，想了想，又放了下去。他叫老板再拿来两瓶淡啤，呷着，一会儿看一眼手机，又看一眼门口。两瓶喝完，一个小时过去了，他摇了摇头，结账。

小李又看了眼手机，除了母亲的未接来电，没其他消息。午夜的三里屯才开始热闹，不时有上岁数的酒托凑过来：

“哥们喝酒不？唱歌？俄罗斯、日本、韩国女人都有，哥们住哪儿？上门服务也行。”

小李没心情，他指着使馆区，说“I’m going home”，弄得酒托一愣，径自走了。他咒骂这些酒托，骂着骂着，脑袋更乱了。小李想把手机扔了，又忍不住掏出来看新消息，没信儿，又后悔自己手贱。

父亲出个轨就算了，时间怎么这么不巧呢？偏赶上小李今天也不痛快。他来酒吧本来是等人，一个上周才在微信上认识的女孩。俩人聊得开心，约了好几次才见面了。在小李的词库里，聊得开心的意思就是可以开房，女孩似乎也暗示他这样。

看起来事情都很顺，小姑娘第一次约，兴奋，不停地和小李说自己怎么打扮，弄得小李心里痒痒的。结果该来的时候，她平常不管不问的男朋友突然连着打电话，女孩一番挣扎，大概良心过不去，没有来，还把小李删除了。

这叫什么事儿？两情相悦，本来好好的，忽然就变成有负罪感了。

小李边走边回了一条消息给母亲，让她别生气，他会和爸爸谈谈。他又给约的女孩发信息，被拒收。然后他给父亲打电话，关机，小李才意识到已经凌晨一点多了。真是漫长的一天，他想。站在便利店外抽了半盒烟后，小李打车回了家。

第二天一早，小李就被父亲的电话吵醒，问他半夜打电话干什么。他被老李若无其事的口气弄得不舒服，干什么？

“我妈告诉我你和哪个女人混上了。”小李说。

“不算混上，”父亲的口气没有一丝变化，“我只是交了个女朋友。”

“女朋友？有区别吗？”

“有。”父亲说，“混上了暗示上了床，而我只和她谈恋爱。”

小李冷笑，从小到大，这种说辞他太熟悉了，父亲永远会给事物分类，总之，他永远属于没错的那边。

“我妈不会管你怎么说，她已经崩溃了。”小李说，“你不管她的情绪，最后你也会被搅得一团乱。”

“那就看她怎么接受了。”

他们聊了两分钟，小李没法说服父亲。他还想弄清楚女人是谁，父亲只言片语，含混了过去。父亲好像很想给小李讲自己的恋爱理论，小李并不关心。

“你注意点，爸。”说完，小李挂断了电话。

二

小李小时候不喜欢父亲。从他记事以来，一直是母亲管理着家，她在油田设备科上班，下班，盯着所有商场的打折柜台，问一切领导要家里的福利。父亲？令人捉摸不透。他上班迟到早退，工资都拿来给朋友喝酒，买很厚的书，从没存过钱。他总喜欢说别人没脑子，没想法，动不动就想做生意，但他的塑料颗粒厂、鸵鸟养殖、倒卖港台书的店都血本无归。一直以来，母亲骂着，疼着，贴着钱，维持一家的生活。

三年级时，小李写作文《我的家》，说："母亲是家里的顶梁柱，父亲一直拿母亲的钱折腾。"被老师拿给父亲看，老李没生气，还当着老师的面夸小李，说写得好，就该这么写。难道命题作文就要按命题人的意思来吗？

中学时，母亲找关系，让他去了离家很远的教育局领导办的私立学校，学费高昂，不少官员的子女在这里，小李的家庭最普通，又远在矿上，没什么朋友。他不习惯，就偶尔逃课去街上逛。

一周后，老师让他叫家长来，小李吓坏了，想到母亲会多么失望地看待自己，就偷偷给父亲打了电话。也许他压根忘了来呢？总之比让母亲知道了强。

没想到父亲很快就到了。他到了教师办公室，小李站在办公桌一旁，班主任跷着脚，正在抿茶。

"你叫我来什么事儿？"老李问。

老师一听非常不高兴，连句"老师"都不叫，还上来问我有什么事儿，对孩子不上心，对老师不尊重，什么家长这是？

但老师还要顾忌身份，她喝完茶，慢慢放在桌上，才抬头看老李。老李正和小李聊天，摸着小李的头，班主任更生气了。谁让你安抚孩子了？气得咳嗽两声，老李才回头看她，她清清嗓子，嘬着牙花子：

“你们家孩子怎么回事儿？”

说完，偷眼瞄了一眼老李，他似乎认真地在听，于是满意地接着讲：

“啊，别人来都好好的，就他，早上跑步起不来，中午课间操不去，不团结同学，搞单蹦儿。你们小时候没教他基本的规矩吗？”

她双手下压，往桌上一按，脸上升起了演习过几十年的愤怒。可是，等待她的却是几十年没见的意外情况。

“规矩？”老李笑了，“狗屁规矩。就算有规矩，那是你的事儿，否则要你干吗？”

班主任愣住了，愤怒脸忘了收，惊讶的神情又上来了。老李不惯着她，他才刚开始说呢。

“我孩子在家好好的，到了这儿反而闷闷不乐，不愿意和人聊天，你说，这怪我呢，还是怪你呢？”

然后直勾勾地看着老师，居然耸了耸肩。

“砰”，小李吓了一跳，只见班主任脖子涨得发紫，搪瓷缸被蹾在桌上，茶沫子溅到四处，小李的头发、老李的衣服上都沾着了。

老李掏出手帕，拭了几下。

“真奇怪了，”班主任咬着牙才压住声音，“没见过你这么不负责任的家长，我说这些真是闲的啊？你以为我想管吗？你觉得这些事儿都小吗？小事里见的都是一个人的家教、品质。他小李娇气，班上哪个不娇气？就他这么个别？”

老李还是没表情。他摊开手，好像挑衅，等着班主任说出什么新的东西。

班主任站着，手攥得紧紧的，两臂像铅垂线贴在两侧，气得发抖。小李不禁叫苦，闹成这架势，早不如叫母亲来。现在可如何收场？他偷偷向父亲移了一步，被班主任一瞪，又缩了回去。

“就算你对小李的生活不在意，他的成绩你总要惦记吧？”这时候班主任停了一下，小李紧张得直捏手指，老李却没接话。班主任只好继续说，“小李一直不交作业，我昨天去他书桌翻了一下，练习册都是空的！他根本没写作业！”

老李这时候低头看小李，小李头低得快到胸口了。

“作业又不是给我写的。”班主任语调高起来，“老师这么上心，还不是为他好？”

“当然不是给你写的。”老李说。

班主任愣住了，都忘记了摆出生气的架势，反应过来后，赶紧喊了一嗓子做回应：

“不是给我写的！是给他自己写！我这还碍上事儿了？我才不愿意管你们这些玩意儿，你爱写不写！”

她喊着，却看到老李把胳膊搭在小李身上，问：

“小李，你和爸爸说，你愿意写作业吗？”

班主任不禁张开嘴巴，看着小李。小李一直戳手指，没吱声。过了一会儿，小李悄声说了几句话。听完，老李回头盯着班主任，耸耸肩，说：

“他不愿意写。”小李赶紧抓父亲的衣摆，老李不管他。

“孩子说你们留作业太多了，而且和课程无关。学习是他自己的事儿，你教不好，还留那么多练习题，好意思怪孩子？”

班主任终于反应了过来，这是在向她示威啊，教了这么多年书，没承想被一个家长教训了，这怎么能行呢？她噗嗞坐到椅子里，高跟鞋差点被甩出去。她脸色紫红，嘴里嘟囔着：

“真没见过……真没见过你这样的家长。是给我学习不成？我愿意管吗我？”

小李记得他们吵了很久，也许也没多久。后来父亲走了，告诉小李，从此以后他愿意听课就听，愿意写作业就写，老师不会打扰他。小李听了很高兴，以为事情解决了。没想到第二堂课，班主任走进教室，说：

“宣布点儿事情，大家听好了啊，从今天开始，小李和你们不一样了。小李同学厉害啊，他叫了父亲过来，给我教训了一通，说我教得不好，不配批改他的作业。我和他家长说好了，从今往后，小李不用写作业，也不用来听课。他愿意什么时候来就来，什么时候走就走，我不管。

“如果你们谁羡慕他，想像他一样，就让家长来找我，我也给你一样的待遇。但如果你们不敢这样，就老老实实地学习。谁要是和小李一起学，就别交作业给我，也别进这个教室。谁要是和他讨论东西，那你们就给我出去讨论！”

说完，咣咣咣地踩着高跟走了，留下瞠目结舌的小李，还有满堂无言的同学。后来，果然没人敢理会小李，只有一个朋友，私下里和他玩耍。每天吃完饭，他们先后出校，在学校外很远的地方碰头，聊天，买吃的，到时间再分别往学校走。结果被生活委员撞见，之后那同学被班主任罚站了一天。再后来，小李就一直一个人玩。

小李从来没和母亲说过这事儿，也好，一直不写作业也不错。后来开家长会，母亲终于发现了，回家和父子俩大吵一架，老李直接出门去找朋友喝酒了，两天没回家。母亲又是给班主任赔礼，又是道歉，小李忽然害怕——又要写作业了。

班主任没怎么理会母亲，孤立持续了整个中学时期。所以，小李的成绩一直不好，也没什么朋友。高考勉强上了大学，同学们结伴打的游戏他都没见过，篮球足球都不通，参加个社团，完全不知道怎么和别人聊天，憋闷极了。

大二之后，家里给他买了电脑，他只会用QQ，就把精力都花在上面，加不同的陌生人，聊天。很快他就喜欢上这样，虚拟的设定里，他放松而自信，他和室友打赌，都加陌生人QQ，看谁先能要到对方的电话号码。开始有输有赢，后来小李就赢得室友们没了脾气，这让小李兴奋，更加刻苦地钻研聊天技能。他转战贴吧、微信，名气渐增，约到了越来越多的女性朋友。后来，他和室友们关系好了起来，有事儿没事儿总给他们讲讲约人的经验。那是小李最难忘的时候，他终于又融入了同学，在现实中有了同龄朋友。

但这些转变，他从来没和家里人说过。相反，他越来越厌恶与他们交流。母亲也从来没问过他这些委屈，她一如既往，关心所有细枝末节：关心成绩、秋裤，关心吃没吃饺子，关心公务员考试时间。父亲？他只偶尔来电话，问问外面有什么值得搞的机会。只有那么一两次，小李想和父亲说说中学的苦闷，说说他那一次争吵引起的变化，父亲却打断他，总结说："要不是我去吵了一次，那老师不一定怎么欺负你呢，哈？"小李忽然无趣，就不说了。

也有那么一两次，晚上十一二点，父亲打电话过来，语气亲昵：

“你小子也不给我打个电话，啊？”

小李知道，母亲肯定睡了，父亲一定穿着线衣线裤，坐在厨房的马扎上抽烟。他想找人聊天。

“怎么样，最近还行啊？”

这种语气小李熟悉，父亲给在北京的朋友打电话就是这样，给一切混得还不错的朋友打都这样，亲昵，却造作，每个结尾，都有点讨好似的加个语气词，生怕问句重了，平常句子又轻了。小李想，他现在居然这么打给我。

小李用“嗯”“哦”把话噎回去，父亲自己就没趣，挂了。每次小李都会自己骂一句：

“怎么样个屁，我他妈跟你熟吗？”

后来，父亲不怎么给他打电话了，再有消息，都是听母亲叨念的时候说的。工程款要不回来，鸵鸟场被骗了笔钱，结果耽误了采油研究院评职称，快五十了，还混不上高工。

到了今年，消息越来越奇怪，终于弄出了个“女朋友”。喝酒之后的第二天，小李被母亲的消息扰了一整天，他厌恶，但又有点同情，再怎么样，这些年家里的钱都靠母亲，父亲不赔钱就不错了，什么时候指望过他？小李想想自己，工作后从没过问家里的财务，父亲这么糟蹋，母亲一定很难，现在碰上这种事儿，心里忽然很不舒服。

小李订了张车票，想赶周末回家一趟。他给曾经唯一要好的同学打了个电话，临出发了，才告诉母亲。母亲简直感激涕零，连连问他耽不耽误工作，几点到家。他心里更难受了，周五，小李没有像往常一样约哪个女人喝酒，他什么都没带，一年里第一次往家的方向走。

三

冬天的北方是白色的，越往北，杂色越少，从火车上、高速公路上望去，外面就像平整了奶油的蛋糕坯子，唯一的绿色来自松树，矗着，在窗外一闪而过，像是冬天的破绽。

小李才到家，母亲就迎过来，家里煮上了面条，小李环顾一圈，没发现父亲。

“我爸呢？”

母亲像是没听见，只顾着端面条。等小李坐下，才趴在耳边说：“屋里呢！”说着，竟带笑意。小李摸不透是什么状况，就先放下包，咬了几口面。饭后母亲洗碗，小李踱进卧室，父亲颓着半躺在床上，看见小李很吃惊。

“小李，你怎么回来了？”

小李一听，才反应过来，母亲都没告诉他回来的事儿。“嗯”了一声，就坐在父亲旁边，两人都没说话。小李想开口，却觉得父亲异常疲惫，顿时不知道是该询问还是该责备。

没一会儿母亲站到门口，端了一碗面条进来，放在桌上白了老李一眼，然后拽拽小李，示意他出来。

“这是怎么回事儿？”小李出来后问。

“嗨呀，”母亲压着得意的笑声，推着小李往客厅走，“我下午好好办了他一次，这下你爸彻底蔫儿了！”

母亲在客厅一五一十地讲了经过。原来，打了电话的第二天，父亲又去找了那女人，母亲拖着、拦着，都没用。母亲哭过之后，给舅舅打了个电话，商量怎么办。小李的两个舅舅在当地做生意，卖水果，卖建材，平时里少不得被姐姐照顾，早看不惯老李的窝囊，一听，都发了狠。

他们安慰姐姐，几个人商量半天，决定找到女人家里，用点手段，让她长记性。母亲凭借上次抓现场记住的信儿，查到了女人的信息，几个人去拜访，一开始气势汹汹，几句之后傻了眼，原来女人和小李一般岁数，正是小李的中学同学。她和老李在论坛上认识，很仰慕老李的谈吐，一来二去，搞在了一起。两家人发现了这层关系，尴尬异常，对方家长苦求小李母亲不要闹大，女儿本来找男朋友困难，这才和老李有了一腿，这同学圈要是知道了这种事儿，就更不好找对象了。

小李母亲也不知道该怎么办，对方保证了好多次不让女儿和老李再接触，小李母亲不好说狠话，也不好就此放过，最后安慰自己，反正也没发生什么，就吓唬了几句，和舅舅回家了。

“这不挺好吗？”小李听完松了口气，母亲这样做还算体面。他记得这名字，但努力回想她是谁，长什么样子，就想不起来了。

“那哪行啊？”母亲噘起嘴，“女孩那边我搞定了，你爸却耍着脾气。好家伙，只住在办公室，不肯回来。”

“现在不是回来了吗？”

“回来了，当然回来了，我这次下了重手段，他不回来能行吗？”

母亲继续说，声音已经压不住了，小李直担心父亲听到。

“你上了什么手段？”

“这事儿啊，咱可得唠唠。”

母亲说着一搓手，这是她准备讲故事的习惯性动作，小李心里掠过一层阴影，“肯定不是好事儿，”他想。

果然，她说，回来之后舅舅出了主意，找了一个朋友，做了红底白字的横幅，写着：“臭不要脸死老李，跑到外面搞女人！”，朋友还帮着母亲构思了一封举报信，写着：

尊敬的领导：

您好！

一个人的文明程度，很大程度可以从他的家庭看出来。人，要照顾家庭，才可能做好工作，才可能更多地履行社会给他的义务，才能为国家做贡献。

但有些人，竟然在这种根本问题上犯错！无视党的教育，公开搞外遇！作为他的家属，我……

…………

相信领导会给我一个公道！

此致

敬礼

老李的妻子 方 × ×

说着，母亲从抽屉里摸出被撕了一半的举报信，笑着递给小李。小李忽然背上有些痉挛，手抖得厉害，接不住信。母亲好奇地盯着他，问他是不是有点冷，就站起来把窗户关了。趁这会儿小李平复下来，看起来好多了。

“你不会拿这个去爸的单位了吧？”

“对啊！要不然怎么说还是党组织有效呢？”母亲高兴了，左手扬起，拍在右手的掌窝里。“pia！”小李却感到这一声拍在了他心里，疼得很。

“而且啊，我还给这老家伙上了一道保险！”母亲笑得眼睛眯缝起，小李忽然不想听了，只摆弄手里的举报信，可是还得坐着听。

“我去告诉领导，老李品质不行，趁我得妇科病的时候，就出去胡搞，明摆着无法获得组织信任嘛！”

“妇科病？”小李差点站起来，“妈，你怎么了？”

“别激动，孩子，我没事儿。计谋嘛！我啊，就是，更年期了，有时候身体总有点问题，你爸他不关心我，我正好也参他一本！”

“你不想让我爸要高级职称了？”小李问。

“没戏了，孩子。”母亲忽然低沉下来，“你爸算是完了，他年轻时候因为家穷，大学上了一半不得不退下来，先工作。当时说得挺好，按大学生待遇来，这么多年，单位里谁有你爸能力强？但我就琢磨，没学历毕竟差点啥，劝你爸有时间去读个夜校、电大啥的，他就不去。怎么样？老领导一走，新领导根本不管你的贡献，清一色全看文凭。现在我也看明白了，他是怎么也翻不过身了！”

小李又一次惊得说不出话。他不知道父亲年轻时候的事儿，母亲不愿意说这个，她似乎更想重温下她生活里难得的刺激，小李“嗯嗯”应着，忽然可怜起父亲来，也忽然明白了为什么父亲会深夜给朋友打电话，为什么会亲昵地打给自己。

母亲仍然讲着，小李心思却都在别处。他草草收了举报信，和母亲说累了，就准备往外走。他到阳台上点起一支烟，在想父亲到底做过什么，他这些年都怎么过的。夜深了，他回屋准备睡了，经过卧室，灯黑着，母亲睡着了，父亲仍然半卧在床上，没神地愣着，连小李走过的声音都没有听到。

周六待着很沉闷，父亲不怎么说话，小李也是，母亲想聊却没人想听。

晚上，小李终于关了电视，站起来，告诉母亲，他想出去走走。

“这大冷天的，去哪儿啊？”

小李说随便转。

“转啥啊。你这是心情不好？妈陪你吧，啊？”

“不了。”小李说，“我叫我爸一起吧，和他说说话。”

母亲就不说了，只嘱咐：“早点回。”

小李叫了父亲出来，老李还有点不情愿。其实也算不上不情愿，他只是对什么事情都没什么兴致罢了。一出门，小李就把手机关了，也把父亲手机拿来，关掉。老李这时候有点惊讶，小李让他不要管，然后打了个车，直接到市区的一家 KTV。老李眨眨眼，张张嘴，没说什么。

他们要了一个小包厢，小李坐在点歌台前，想起自己中学时候唯一一次来KTV，还是毕业聚会，他不会点歌，缩在角落里看人影绰绰，想跟着唱，又怕走调，最后付了份子钱走了。此后他很久都没进过KTV。

小李找出来邓丽君的页面，让父亲过来挑，老李搓着手，紧张得不敢点页面。小李忽然很心疼，说："爸，你想唱什么，我给你点。"

"《龙的传人》吧。"老李说。小李找了半天，放了起来。没听一分钟，老李又说，"唱不了，要不，换'恋曲1980'吧？"

小李说："好。"

父亲拿着话筒，但不唱出声，几首罗大佑几首邓丽君后，他的喉咙渐渐活络了。

"爸，"小李切了歌，问，"你是不是很久没碰过女人了？"

老李瞪着小李，小李很快地说："我问了那个同学，那个女孩，她说你只是和她讲故事，讲道理，从没上过床。我妈身体弱，是不是就没再和你做过？"

老李呼噜噜地哼着，却没搭话。小李心中有数了，他出了门，找到服务员，塞了三百块钱，一会儿就有一个二十出头的姑娘走进来，脸上的妆容浓厚，在包间的霓虹灯下blingbling。小李对父亲点点头，把门关上，到外面抽烟。

小李想起很多事情，忧伤忽然冲上心头，他有点难过。

——他看过母亲日记，知道母亲比父亲大两岁，但结婚的时候瞒了岁数。有一次奶奶提过，妈妈对不起他们李家，可能是这事儿。日记里，结婚前几年母亲都一直愧疚，可是空了两年后，就开始对父亲抱怨起来，李家也再没人拿这事挑理，明面上只说老李的不是。

——老李是在北京读大专的，分配到这里也算高学历，正经算起来，单位里很少有人比他更有技术，有知识。可是他一直不怎么上心业务，也不愿意参加集体生活。他提过调到外省，最终被母亲和领导一起压了下来。

——老李去办事儿，只要拿出证件，对方都很不待见。北方这地方，号称豪爽、勇猛，小李却觉得他们都很尿。谁能硬气呢？想不看别人脸色，除非你有更厉害的面子，否则，各种证明都卡在别人手里，单位里福利说不给你就不给你。在父亲生活的更早年代里，得罪了片警，准生证、粮票都能被扣，哪可能硬得起来？这么多年，父亲一直受这种气，但他反而洒脱了，只要有机会，肯定恶损他们。公务员、交警，哪怕……老师。

他咬着烟嘴，吐出来，又咬了一根，吐出来，不知不觉地抽了半包。冷风一吹，他回过神，又向屋内走去。

回来时，小李在门外看着，他看到父亲和女孩挨得很紧，正准备唱下一首。

“还不错。”小李想。

忽然，他听到一声羊叫，接着又一声。小李看父亲的嘴形，好像是他发出的。但看老李的脸上，丝毫看不出异常。他满面红光，已经放松了。

“咩咩咩……咩……咩……”

又几次间隙，小李确定了，就是父亲。他根本没在唱歌，一直在学羊叫，就这样随着歌曲变换，一直哼下去。

小李听了一阵，忽然听不下去。他走到店门口，看着稀稀落落的北方大街，蹲在地上，哭了。

大理
爱情故事

一

老实说，住在这家青旅真是恶心透了。穿着碎花裙的服务员慢慢吞吞，无数穿冲锋衣的男人在公共客厅里叽叽喳喳。偶尔走廊里撞见，我还要忍受他们的搭讪，弄不好，就要听他们讲一通人生真谛。

房间也很糟糕，我买的是青旅最普通的铺位，八人间男女混住。几天里，我经历了：一个印度室友，每晚都要打坐两个小时；一个日本室友，从早到晚从不放过和任何人练中文的机会；最可怕的是我下铺，一个毛茸茸的法国男人，每晚都抱着一个不知道哪里来的中国女生挤在一起，还要用蹩脚的英文互聊人生，我真想冲出去买两套步步高点读机摔在他们铺上。

唯一安静的是门口上铺的年轻男子。几天了，他总在院子里坐着，不玩桌游也不和别人搭讪，偶尔去古城里转转，没看出来要去其他景点的打算。房间里人声鼎沸时，我都对他的沉默充满感激。

第三天晚上，日本人法国人印度人都出去了，大部分其他房间的人都在公共客厅打牌，我向年轻男子打了招呼，他微笑着点点头。忽然，我像冲锋衣男人那样，问他来这里几天了，来做什么。

没想到他居然卡住了，半天没说话。太奇怪了，我想，大理的每一个人都迫不及待地想告诉你来这里的理由，我头一次碰到沉默的家伙。他穿着灰色的运动服，头发短平，一看就没经过修饰，和青旅的其他人不一样，他出门不戴墨镜，也几乎没买什么东西，大概是除了我以外最土的家伙。我忽然对他好奇起来，来大理之后我都没和什么人好好聊过，太憋闷了，于是提议到酒吧喝一杯。他笑了笑，同意了。

大理的夜生活远不如丽江丰富，丽江的四方街附近彻夜喧闹，走一圈，能被酒托叫一百声哥。大理？只有洋人街几百米的夜市，酒吧稀稀落落，熙攘声都穿不过两条街区。我们挑了洋人街中间的一家酒吧坐下，这里灯光明亮，也没有表演，多是聊天的人。

我们点了几杯啤酒，他介绍自己是做广告的，让我叫他阿哲。我也简单聊了下自己，暂时没话了。阿哲没再起话头，身子一斜，倚在沙发上。我看到他眼睛睨向窗外，褐色的瞳仁缓缓游移，心里一动，好像有一种我不熟悉但十分渴望的东西流露了出来。我更想和他聊一聊了。

我对他说了前台的萨摩犬怎么耽误我入住，冲锋衣和碎花裙们怎么劝我不要考研。说我虽然是学生，没什么钱，但长途硬座撑了很多地方，还拼车去过藏区，有一次去西安和兰州，四天下来只花了不到五百块钱……

阿哲放松了不少，眼神也回到了桌上。他笑了笑，没有对我的经历说什么。我也不知道为什么，控制不住说了自己的事儿，大概是太想诱他的话出来。还好，他最终开口了。

那天晚上，我们喝了一打半啤酒，一直到洋人街都关了门。我差点晕倒在古城的石板路上，也许是因为醉酒，也许，是因为一个爱情故事。

阿哲开始的时候是这样说的：

“想听个故事吗？想，就不要停，也不要插话。”

二

三年前我来大理，是为了和异地的女朋友相聚。我们是高中同学，大学时候，她在南京，我在广州，每学期都选一个地方见一下，这一次选了丽江。我时常觉得亏欠她，现在想起来，应该多陪她去旅游的。

本来，女友成绩比我好得多，足够考上最好的学校，我们商量好，我跟着她报考，去一个城市就行。但就在高考的时候，班主任让她给身后的男生递答案，这种事儿对我们来说不算什么，但她从来都是听话的好孩子，没经验，她完全慌了。第一科就考砸了。接下来每一科考完都哭一次，进出考场也不理任何人，最后填志愿时候全乱了，也没和我商量，就去了南京，而我落到了广州。

整个大学，她都忙得厉害，学托福，学 GRE，要么就是参加学生活动或者实习，从来没去过广州找我，所以每次见面都挑景区，就当是少有的放松。我呢，没什么追求，大学就随随便便混着，也常常出去玩。这次从广州到昆明，我就早出发了两天，想着大理没去过，可以转转。

我当时钱也不多，出门都找便宜旅店，自然就想去青旅。在南门外问了几家，最后在现在我们住的这家停下来。我住青旅的时候从来不和别人聊天，也不打牌，就怕别人找我喝酒或者吃饭。原因很简单，没钱啊，多喝一次酒，下半个月就少吃几顿饭，交一个朋友，好嘛，百分之八十就要借债了。

一进门，我直奔前台，问老板最便宜的铺位多少钱。女老板啧了一声，说你小子逮着了，今天正好有一个小单间空着，这么晚了，我按照普通铺位的钱给你算了。我心里高兴，好啊，不必和别人打交道，省钱，又能睡好。我就站在前台等老板登记，忽然，有人拍了我的肩膀，然后就听到一个姑娘的声音：

"嘿，明天你去环洱海不？"

我转过头，看到一个中等个子的女孩，外套像裙子一样耷拉到腰下，袖子则像水袖，仿佛马上就能挥舞起来，她戴着薄边的眼镜，因为灯光照着边框，晃了一下我的眼睛。我愣着神，才与她对视，就听到她身后一阵哄笑。那是几个年轻人，三男一女，在公共客厅里围坐一桌，大约是在打牌。

我心里一紧，血液突突地涌上脑袋。他们是在嘲笑我吧，我不禁打量了自己的衣裳，一夜硬座后处处发皱的衬衫，被汗湿透又干了的裤子，哦，还有那双可怜的跑鞋，两年了，我真是没怎么善待它。它们组合在一起出现在这里真是糟透了，偏偏还被当作了焦点。我不安，转而愤怒起来。我住铺位是因为没别的地方可住，不像你们，是想借机聊人生谈理想，运气好认识个炮友，对啊，我拮据了些，但我从不在景区逃票，也不四处和老板们勾肩搭背，你们这些养尊处优的家伙，凭什么嘲笑我？

“嘿，陪我一起去吧？”女孩问我。

我的眼神又收回到她身上，习惯性地，我想拒绝这陌生的邀请，可是我的嘴巴却打了结似的，浑身紧绷，只有眼睛不听话地一直看她。我看到白皙的圆脸，挂着淡墨一样的眉毛，嘴巴笑起来能和眼角平齐，但嘴唇很薄，她大概是涂了哪种可爱的口红，一眼扫过去，像是晕在白玉兰花瓣下的那抹粉色。

“你去吧，否则没人陪我。他们都去过了，好吗？”她又问我，还轻轻拽了我的胳膊。

我不知道当时脸是不是红了起来，但手有点抖却是真的。老实说，除了我女朋友，我很少和女生有接触，就像这样轻轻拍一下都很少，更何况单独和一个姑娘骑行洱海。哪里有机会呢？作为一个城市里的独生子女，一个职业的学生，我没有任何合理的理由去拥抱一个姑娘。到现在，我还记得第一次亲吻女友时的慌乱。

我很快就答应了眼前的女孩。准确地说，是在我和她对视的瞬间，就在身后一群年轻人嬉笑打闹时，她抬头看着我，没有笑也没有回头，眼睛清澈得没有一点波动，没有一丝嫌弃和调侃，她是真心的。

一种从未有过的渴望攫住了我。

“好啊，”我说，“明天几点呢？”

她开心地和我定了时间，互留了电话。老板带我去了单间，我放下背包，躺下，酸楚感从后背透上来，我于是挣扎着洗了澡，睡了一会儿。

醒来的时候已经过了九点，我下楼到客厅，写了写日记。一般住青旅我不怎么在客厅待着，但今天我隐约想着，那女孩可能也在。果然，她和几个大学生模样的男女在那里玩桌游。我挑个角落坐下，边写边偷瞄她，像是第一次在成都看到玉兰花那样，眼睛被黏住了。手机这时响了起来。

“我考完 GRE 了。”女朋友的声音传过来，低低的，但有压不住的兴奋，肯定是考得不错。

“好啊。”我说。

“来的时候出租车绕了路，气死我了，我还以为会影响发挥呢！还好，都很顺利！”

“嗯。”

“你说什么了吗？我听不太清哎……”

我只好站起来去院子里，她很不放心，问我一个人在大理顺不顺利，是不是生病了，我都应付过去，告诉她没事儿，后天到丽江再说。女友还想聊聊考试的经过，继续通了一会儿，二十几分钟后才挂。回到客厅，那女孩正和年轻的朋友们推搡着，往八人间走，应该都是舍友。她看到我，说了声“明天别迟到啊”，过去了。蓦地，客厅里只有我一个人。我颓丧地合上日记本，恨自己，为什么要占单间的便宜。

三

三月是大理最好的时候，樱花开遍苍山脚下，下关风吹皱洱海，无论从哪里出发，到哪里停下，青绿黄红蓝紫橙，眼睛里都是靓丽的混合色。这时候既不热也不冷，阳光适宜，早晚加一件薄衫，白天一件单衣就好。

早上我在客厅等到她，她穿着一套运动服，草草扎了个辫子，还背了遮阳帽。

“给你擦点防晒霜？”她递过来一个盒子，我接过来抹了一点，“嘿，你叫什么啊？”

“阿哲，你呢？”

“你猜啊。”她笑起来，半推了我一下，“走！我们出发吧！”

到现在我都不知道她叫什么，她像白玉兰花那样好看，我心里就叫她“小兰”。

我们沿着复兴路上去，拐到了玉洱路，沿街梨花桃花樱花紧紧挨着，灿烂得让我怀疑是假花，不禁伸手去摸，让小兰笑惨了。玉洱路租车行很多，问了一圈，自行车都是10块钱一天，我们选了一家老店，小兰挑了带筐的女式弯梁车，我租了一辆山地车。

小兰的车子是粉色的，看得出她很喜欢骑车。玉洱路向东是下坡，我们骑得很轻松，还停下来两次买水，买饵块。玉洱路下去是大丽公路（大理—丽江），才出古城车比较多，骑得很小心，慢慢车就少了。

我起得早，查了一些环湖的资料，知道出古城的右手边是才村码头，那里有游览洱海的客船，也知道环洱海下来约110公里，最好先向北，走洱海的西侧，这样如果时间来不及就在上关住一晚，第二天再骑。而且海西的耕地很美，靠近南面古城和下关的地方多种蔬菜，再往北，会有小麦、水稻，而且会有喜洲古镇、蝴蝶泉这样的景点，一路上风景各异。

小兰像是什么都没准备，她径直骑过才村码头的岔路口，路过的时候还唱着歌。我本来想提醒她，一辆运土的卡车忽然转向，等追上她时已经过了几百米了。路还长，我想，靠海的机会有很多。

我看着她戴着遮阳帽，一左一右地晃着，左侧的苍山阴阴沉沉，右侧的耕地斜斜地垄了每一块地，耕地的尽头，洱海反射着海东初升的阳光，碧绿又金黄。我忽然有一种不现实的感觉，仿佛不是在踩单车，而是在时光的隧道里滑行。太不真实了，我抬头看着前方的小兰，居然就这样和一个美丽的姑娘单独骑行，今天，甚至今晚，很可能单独相处，而我连她的名字都不知道。

一两公里内，小兰都在我前面骑行，才过了三塔寺路口，她猛地停下来，问："嘿，我们去洱海边骑吧？"

我差点撞到她，等我刹了车，她已经又跨上车，右转进了去洱海的乡道。好吧，我想，其实跟着她骑到哪里都不错。

乡道旁植物参差，一侧是水田，一侧是黄澄澄的油菜花，偶尔变成豆子、辣椒。路比主路要颠簸很多，我听到她的车筐窸窸窣窣地晃动，担心女式车没到半程就要撂挑子。小兰又停下了，这次是在一片大绿叶子植物旁边。

"来，"她眼睛盯着叶子，挥手叫我，"猜猜这是什么。"

我凑近了看，从没见过叶子这么大、茎又这样细的东西。叶子宽得像是芭蕉，但皱巴巴的，被人抽过汁水一样。

"树苗吗？"我问。

"你见过这个没有？"她从兜里掏出一个烟盒，抽出一支烟在我眼前一晃。

"烟？"

"对啦！这不就是烟叶嘛。"

真的，我还是第一次知道烟叶长什么样子。小兰把烟纸剥开，焦叶零零碎碎地撒在宽大的绿叶上，让我产生了一种奇妙的感觉——哦，起源和归宿碰面了。

小兰这时候蹲在地上，看烟叶的茎。

“红大金元，”她说，“引进的品种，现在种了这么多了。”

我也蹲下去，但不是为了看烟叶。

“你是学植物的吗？”我问。

“算是吧。”她说。

小兰似乎不愿意提到她自己的事情，我不确定，但她立刻站起来，作势倚在烟叶上，我还蹲着，眼前一黑，她的腰差点撞到我。

“给我拍照吧！”她说着就又扭了一下，我一阵眩晕，差点向后坐到田里。

之后的几分钟我都在给她拍照，小兰跳着蹦着，喊我抓拍，越拍她向田里走得越深，我有一点紧张，生怕村民经过误会我们，不知道会不会恶语相向？正这时，一辆三轮车从旁经过，我略带慌乱地喊小兰：“喂，出来嘛，拍了很久了。”

“你喊什么，”她立住了看我，“我偏不出去。”

这我就没辙了，眼看她又蹲下去。三轮车突突突地过去，我都没敢回头。

之后类似的场景又在水田、油菜花田上演，我拍了很多照片，她心情好极了。时间一点点溜走，我不断调整着路程预期，到了第三块田里，我确定，今天肯定完不成环湖了。

“我们走吧，”说着，我又拍了一张，“否则来不及到上关了。”

小兰有点不高兴，气嘟嘟地出来，扶起车子。我们向海边骑了一小会儿，她“哎哟”一声，又停了下来。

“我脚板痛！”她噘起嘴。

我的心里已经很烦躁了，到不了上关，就意味着要住在喜洲。按照这样的速度，后天也到不了下关。后天，后天我必须到丽江，我女朋友还在那里等我。这个女孩也太娇气，完全没有规划，这谁受得了？

我赌气停在路上，一只脚踏在地上，另一只还踩着脚蹬。小兰大概是看到我不耐烦，自己凑了几步过来，低着头瞄我的表情，小心翼翼的样子，我心里又软了下去。这一丝的变化马上被她捉住，她嘿嘿笑了，顺手从我兜里掏出手机，嚷着要看之前的照片。

我黑着脸找出来。

“好美啊！真是嫉妒你有这么美的旅伴！”她一惊一乍地呼喊，“再拍几张好不好？”

没有任何征兆地，我的手又伸了过去。她已经赢了，在更深的一个层面，我陷入一种愉悦的被动里，很久没有过这样的情况，我知道，我被这个女孩迷住了。

四

苍山是洱海西侧山峰的统称，从南向北，半抱着洱海。苍山的海拔多在 3500 米以上，高的几座山顶留有积雪，乌压压地矗在西边，仿佛永远不会飘走的黑云。它太高了，太近了，绵亘百里，就算是真有黑云越过来，你也很难发现，宁愿相信，哦，是苍山长高了。

小兰和我慢慢地骑，从上鸡邑村进到环海西路，这是专门为旅游修建的两车道路线，被很多环湖骑行者推荐。当然，它也并不会贴着湖边，总有那么些空余。小兰最喜欢在缝隙里拐来拐去，时间慢慢耗着，也打断了我所有设想的骑行计划，快到中午，又要吃午饭，算了，不抱什么期望也好。

“咔”的一声，小兰的脚突然蹬空了。她停车下来看，我也只好刹车，走过去，小兰从路边捡了一根木棍，把断成两截的车链挑起来，好吧，我心想，这下什么计划都泡汤了。

“你看，让你总骑小路，链子断了吧。”

她睨了我一眼，噘起了嘴唇，眉毛蹙在一起，很委屈又很认真。我叹口气，和她一起蹲在路边，正是中午饭点时候，阳光明晃晃地照着，一辆过路的车也没有。我浑身是汗，衣服被风吹干又被溻透，现在皮肤上好像沾了一层薄沙。车链子断了，又没有备件，前面最近的村子也有一公里，怎么办呢？

“要不我推你的车子吧，”我拍了拍小兰的肩膀，她正把头埋在膝盖之间，像要哭的样子，“推到前面的村子碰碰运气，你先骑我的。”

“好！”她噌地站起来，马上就颠儿到山地车旁，“就知道你会帮我！”

“你慢点啊，”我说，“车座子高度还没调呢！”

可是她已经像狗熊上树一样爬上去，晃晃荡荡，向前骑了。

我真后悔这么快让她占了便宜。太老实了，这亏吃大了。可是我心情居然不错，推就推，风花雪月洱海苍山，美丽的女孩在我眼前，嗨，没什么可抱怨的。

修理比想象的要麻烦。终于走到最近的村子，唯一的一家自行车修理铺老板去浇地了，只留了电话。我们打过去，没人接。这种村子还没有直接受旅游业的影响，多数人以种地为生，唯一的商业区是村中心的小广场，杂货、果蔬、五金、粮油都在这里摆摊叫卖。我们在这里转了一圈，没有第二家铺子了。我正在犹豫要不要走到下一个村子时，小兰突然跑到五金店门口，和老板聊起了天。没一会儿，她美滋滋地推走了车子，那老板居然答应帮她修理。

原来，五金店还业余修理摩托车，铺子在棚子下面，比较小，我没有看到。但是摩托车和自行车也不一样，工具的尺寸都不同，非常麻烦，我有点担心不会修好。后来证明我多虑了，修车的人黑黝黝的，可能比我还小两岁，但是技术真的不错。小兰把帽子褪到背上，半蹲着，仔细地看那小子摆弄。小伙子一句话都不说，看得出来他很紧张，很兴奋，毕竟这村子里极少来游客，何况是这样娇弱白皙的女生。

背着背篓的女人过来了，她们也停下看热闹，裂着衣领、露出暗红色秋衣的男人们也站在那里，遥遥地看远途来的游客。黑黝黝的小伙子大概从来没被人围看过，激动起来，拎焊枪都带着劲儿，硬是用大一号的扳子拆下了车链。低矮的白墙，泼着污水的水泥地面，西面远远飘来的乌云，头顶仿佛正对着照射的阳光，所有的一切组合在一起，像是一幅画，画的焦点，就是蹲在褐色红色黑色绿色中间，白得亮眼的小兰。没有多少人关注我，我也和云彩背篓喷枪还有水果一样，装饰着她美丽的顽皮。我站在这个氛围之中，又像是场景之外。

一阵风吹过，飘来李树的淡香，我好像闻到了樱花的艳红，还有洱海上飘过的海鸥。旁边有一堆垃圾在燃烧，混合着麻叶的味道，我再次产生了虚幻感，大约是真的醉倒了。

也许只有几分钟，也许是几秒，我眼前忽然闪过小时候的故事。没什么可复述的，无数次被关在防盗门后面，等着家长上班回来，学校里，只有一平方米不到的课桌能让我活动，在里面，我居然消磨了绝大部分少年时光。太苍白了，像A4纸一样，我是多么渴望能有一丝颜色在上面啊，哪怕，像这摊铺上沉积的机油色，哪怕是这些中年农户身上的泥土色。我忽然强烈地嫉妒起修车的家伙，他一定比我要丰富吧，至少，他知道怎样摆弄这些家伙什儿，他一定去过田地里捉泥鳅，在污泥里钓过虾，他肯定打过麻雀，吃过蜻蜓，我操，我嫉妒得想拿喷枪对着他的脑袋。我从来没这么强烈地渴望冲动过，没有任何理由，我必须在这一刻承认，我的青春一直苍白无比，这比被狗吃了还让人难过。

我正愣着，忽然有人推我。

“走啦！”小兰又轻拍了我一下，“修好咯。”

我扑通一下跌回了地面，怔怔地看着她。小兰刺溜跨上了车，我也跟着骑了起来，但觉得好像有什么不对劲儿，半分钟后，我赶上小兰。

“嘿，你付钱了吗？”

“什么钱？”她停都没停。

“修车子的钱啊！”

她哈哈笑起来，骑得更快了。

我犹豫了一下，还是决定不折返回去了。你们都享有了这么多美丽的好处，就当是为春风埋单吧。

五

幸福感持续到接下来的骑行中。我们路过稻田，路过烟叶，路过上坡下坡，我还表演了撒开车把给她看，高举着手逆向骑了会儿，避开了一辆迎面开来的拖拉机。下午三点左右，我们在湾桥镇附近吃了一顿饵丝，我算着，最起码天黑前能到喜洲。

小兰并不这么想，吃过饭没多久，她再一次停住了。和前几次不同的是，她想换个方向。

“我累了，啊呀，好累啊。还是回去吧。”

我差点没反应过来是什么意思。看得出她有点犹豫，抓着车把，还没下定决心，也许我的意见能改变些什么。我心里有一个声音说：“不，不要，求你和我一起吧，我们可以在喜洲住宿，和你在一起的夜晚一定很快乐。”但我不能这样说，我也没有这么开口，理智慢慢爬回我的脑袋。“让她回去吧，你抵抗不了她，”理智告诉我，“你还有女友，她明晚就到丽江，再玩下去，随时会掉下钢丝！”

于是我就靠在路边，等她的决定。内心戏没持续多久，小兰已经跨上车子，向左掉了车头，看来，她要回去。

“对不起咯，今天我太累啦！”小兰把遮阳帽摘下来，“那你要继续骑吗？”

“嗯。”其实我只是机械地回了一声。

“那这个送给你！看你晒得好惨。”她递给我遮阳帽，那抹淡粉色花晕又浮现在她脸上，“拜托你要多拍照片！回去给我看！”

说罢，她就转头走了。我呆了一会儿，晃晃头，接着向喜洲前进。

我已经记不清花了多久才到喜洲，那段记忆的场景和时间都很模糊，能想起来的都是心情。最开始我总控制不住在内心里走戏，把之前和小兰的对话再过一遍，是不是哪里惹着了她？或者，什么地方没照顾好？有一次我都停了下来——哎，算了，折回去吧。转念一想，我怎么会这样被人控制？——阿哲，你醒一醒啊。

之后的事情挽救了我，将我推到了另一种困难里。我的大腿内侧疼痛起来，疼痛的区域集中在紧贴着车座的那两条线，一个下坡过后，我停下来伸手去掏，摸到了隆起的两道红肿印，下半部分的睾丸也隐隐难受起来，汗水一浸，痛感丝丝地扎向肉里，让我咧起嘴来。

后来我才知道，这是因为我没骑行经验，这种窄座车需要提前训练来适应，没采取保护措施硬上，还颠簸一路，磨破皮算是轻的。没办法，我咬咬牙继续上，“到喜洲就好了，”我安慰自己。

到喜洲时却更糟糕了，不仅大腿根肿痛，我的腰也发难了。我推着车子在喜洲走了一圈，没心情试吃喜洲粑粑，也没买什么纱什么裙，只是买了创可贴，又调了调座位。出来时候后悔了，那些文艺青年常穿的衣服，喜洲卖得比古城便宜一半，我应该给女朋友买点，或者，给小兰带一件？停了三秒，想算逑，都不买了。这时候是四点多，离天黑还有点时间，贴上创可贴的伤口好了不少，我又对旅途有信心了，准备去蝴蝶泉看一眼，然后七点前折回古城。

事实证明这是个错误的决定。不过就算在喜洲就回程，效果也不见得好。四千米的苍山挡住了西南吹来的水汽，也挡住了随时袭来的乌云，等到它们真的翻过来，几乎不会留时间给人准备，尤其是我这种没经验的外地人。

我当然被浇了一路。雨时大时小，下的时候，海东的那一片天空还晴着，“妈的，太阳雨啊。”我对自己说，“冲过去应该很快吧。”我把遮阳帽挡在头顶，又用外套做了头巾，勉强撑到蝴蝶泉景区门口。售票的人看到我吓了一跳，我进去找到厕所洗脸时才知道她为什么惊讶，从腰部到胸口再到脖子，有一条笔直的泥印，全是细小的泥珠，像他妈的直尺画出来那么直。我背对镜子，扭头看，果然，后背的泥印更长更直。这是酷酷的山地车的另一缺陷，车轮子没有防雨盖，一旦进了水，两个轮子就像水车一样把泥浆成排地砸到我身上，我骑得太慌了，竟对此没有一点意识。

怎么挣扎着回去的也有点忘了。停了半小时，天就放晴了，我记得路上风景很美，雨水冲刷过后的美景像被加了一层滤镜，那种水淋淋的清新色，黑云还在向东飘，苍山上将落的太阳红彤彤地映在云边，泛起红晕。我半推半骑，咧嘴垫脚，在山水之间缓缓爬行。

我有一个莫名的信念支撑着，小兰不是让我替她拍照片吗？我真的拍了。我还想告诉她蝴蝶泉其实没有蝴蝶，喜洲也没有喜字。天暗得接近墨色，我才快到古城，灯光燃起，古城像是黑暗里红尘的岛屿，为了热水澡，为了干衣裳，也为了模糊的想法，要给小兰看看照片，我振作起来，从南门冲了进去。

一进青旅，热浪就掀了我一个跟头，哦，他们都在。又是他们，昨天嘲笑我的那些人，小兰还坐在一模一样的位置，仿佛我仍然是闯入的过客。她已经换了衣服，上身着紫色T恤，下面是一条白色的长裙，头发蓬蓬地散着，正和几个男孩聊得开心。没人注意到我，我也没意识到自己，只有前台的萨摩犬吠了两声，义工惊呼："啊，你怎么浇成这样？"

我谢谢他，这一声呼喊又让我回到了昨天的境地。小兰和他们一起转过头，最先笑出了声，她笑得真开心啊，还走过来搡了我一下：

"怎么混成这样？"她笑弯了腰，"你看，幸好我回来得早吧！"

几个年轻男女也跟着笑起来。我已经不想分辨这是善意还是恶意，随便，我一定要离开这里。

"没什么。"我冷冷地说，"让开。"

小兰杵在那里，应该是没想到我语气会这么生硬。

"你还好吧……"

我推开她，径自上楼。洗了个澡，又收好所有的东西，晚上九点多，我步行到 60 医院，坐上 8 路公交车，车开往下关，也就是大理市区，它的终点是大理火车站，我想立刻就赶往丽江。

六

那天晚上我没有走成，到火车站已经十点了，最近的一趟车要第二天早上才有。我正犹豫是在火车站过夜还是找家旅馆时，手机响了起来，是我女友打来的。

“亲爱的，我可能要晚两天到丽江了，对不起哦。”

我听到了，飞快地算了一下，她能在云南待的只有两天了。

“哦，好啊。”我说。

“实在抱歉，中介说我的成绩比预想的好，所以重新给我定了目标学校，其中一所申请截止日期比较靠前，我只好加点急。”

“没事儿，要不你就不用过来了。”

“啊？”她有一点蒙，“你是不是生气了？真的对不起啦！”

我真没生气，我怎么会生气呢？我冷笑，你不是要努力申请，拼了命地让我们从异地变成异国嘛，这是好事儿啊。

“没有，我这儿没关系，没耽误你的正事儿才重要。”

“哎呀，你怎么又这样？！”她不高兴了，“我考得好你不开心，考得不好你也不开心，你到底要怎么样？”

谈话自然不愉快，不过我习惯了。末了，她也没说她到底什么时候到丽江。我还是有些后悔，本来是好好的见面机会，再次变得不愉快。这是无解的事儿，我大学成绩不好，家里条件一般，出国的事儿从来就没考虑过。她高考失利本来就背着压力，怎么能对她提出毕业一起工作的要求呢。

接近午夜，我就在下关闲逛。街上的广告杆密密麻麻，一条路上全是莆田人开的男科医院广告，紧挨的另一条路就变成了妇产科。自建房一栋挨着一栋，我怀疑如果两边窗户打开大一点，串门都不必走正门，一步跳过去就行。仅仅隔了十四公里，就像是换了一个天地，我游走在西南普通城市的街上，神情恍惚，思考着哪里有便宜住宿。

“嘀，”手机响了一声。女友发来一条短信：“刚才不该冲你发火，对不起。我改签到后天中午的飞机，早睡，so long，baby。”

问了四五家旅店后，我最终进了一家汽车旅馆。准确地说，是在街角红油漆涂抹的广告牌前站着，然后被老板半推进去的。广告牌只写了“住宿”两字，我问：“有热水吗？”老板拉着我的包，口气满满：“那当然了！还能洗澡呢！”我和他还了一下价格，最终定在 25 块钱一晚。

进了房间我就明白上当了。这是一间隔断房，墙是用硬纸板糊的，窄得只能放下单人床。床尾放了一台八十年代的旧电视，没有遥控器，调台要用侧面的旋钮，刺啦，刺啦，频道之间布满雪花。我钱已经交了，只好认栽，再说，比这好的我也掏不出钱来。我想出门上厕所，才发现门没有锁，只能在房内时插上。放下书包，看到床单简直比我的裤子还脏，隔壁的几个粗声粗气的男人正在看电视，我不敢过去提醒他们。我懂，这种地方，像我这样戴个眼镜就是免费被打的意思。我最后把衣服铺在身下，卷着稍干净的那床被子，带着一身雨水还有汗水昏昏睡去。

第二天醒来已经八点多，我快速穿好衣服，去找厕所。楼道里的阿姨给我指了位置，一座灰色的水泥房子，像极了小学时候教学楼外的公厕。还没进门，一只老鼠就从我脚边窜过去，我捂着鼻子进去，果然，是联排的蹲厕，粪便堆得几乎就到脚边，放水冲过，纹丝不动，只能把黄色的脏水溅到自己脚面。离屎尿不远的空地，有一个喷头立着，大概是老板说的洗澡的地方。我一阵恶心，冲了出去，走到马路旁边，猛吸了一口充满汽车尾气味的空气，舒服了一点点。

接下来做什么？我完全没了想法，我不想这么早去丽江，回古城？算了，不想去那个地方。于是就在市区乱转，忽然，一个陌生的电话打过来，我接了，第一秒钟就听出来是小兰。

“嘿！你在哪里？一晚上没见你回，去哪里 happy 了？”

我居然打心里开心起来，激动地握着电话，我想听到她的声音，想和她产生联系，但我压住了高兴的颤音，冷漠地说：

“下关，随便睡了一晚。”

“啊，那正好！我们几个包了一辆车，准备到虎跳峡和香格里拉，一起来吧！”

“可是我在你们南边啊，不顺路。”

“没事儿，包车！我们去接你！”

她说最后一句话时，我想起昨天环海公路上摇曳的她，那么单纯的高兴，那么真诚地想带我一起。我赶紧找地方洗了洗脸，换了套衣服。好了，小兰拯救了百无聊赖的日子，我的快乐回来了。

七

阿哲的故事停在了这里。已经凌晨一点钟，洋人街的酒吧都要关了。我听得缓不过来神，也只好在酒保的注目下先出门。他已经付了钱，唤我回青旅。

午夜的古城才被水冲刷过，每家店铺都把水倒在石板路上，当作清扫，脚踏上去，溅起的泥水飞到裤脚上，但我们俩都没管这些。从头到尾，我都没插过话、问过他问题，但现在不行了。我还在想这个故事，这个家伙怎么能这样晾下呢？

“后来呢？你们去了虎跳峡然后呢？”我问。

阿哲的脚步踏在石板上，没有再移动。他立着，眼睛移到别处。我立刻紧张了起来。

“没了，消失了。”

这算什么回答？什么就没了？不是和小兰去了虎跳峡，不是说女友第二天就要到丽江吗？我试探着看了看他的表情，不，不是愤怒，顿时松了口气。但也不是什么我熟悉的神色，像是被遥远的风景攫去了注意力，只剩下随便什么脸色留在原地。

我小心翼翼地陪着他走了一小段，快到玉洱路的时候，他忽然说话了。

“我差点搞了她。”

“啥？”我吓了一跳。

阿哲耸耸肩，我感到他已经放下了记忆的负担，又像是在酒吧里那样。我不知道，如果没有因为关门打断他，没有我的提问，他是否还会回到这里。

“我俩在虎跳峡落在后面，天黑了，没遇到任何客栈。最后赶夜路到了一家，只有一间房间，就开在了一起。她没有什么意见，我也没有。然后就差一点。”

哦，听到这里我就能理解了。我一直都在想，为什么这个姑娘会主动和阿哲去骑行，原来她是有所图嘛。

“不是像你想的那样，”阿哲转过来盯着我，“她不是那种轻浮的人。”

我很惊讶，为什么他会断定我在这样想，而且他说对了。

“她只是，比我放松。比我放松得多。你要知道，我们才一起从虎跳峡的夜路里下来。山道狭窄，只有半米宽，金沙江在几十米的下方轰轰地流过，踩下去的石子都要滚半天才落下，她被吓得厉害。头顶闪着一亿颗星星，密密地撒在天上，我太久没有看到这么多星星了，可我们不敢多抬头看，我把精力都放在了脚下，不知道是不是走错了，也不知道前面的客栈还要走多久，还到底有没有。”

阿哲就站在路口，风吹起，经过匾额的缝隙发出呼呼的响声，减弱了一点他的声音。他说到虎跳峡中途时已经晚上八点多了，小兰打着手电一直在往路上照，看到亮光的一瞬间简直是扑到了他身上。那天还住了另一拨徒步的新西兰人，其他人正在狂欢，包括本来从丽江同路而来的年轻人，人们将水壶灌满了白酒，一壶一壶消耗下去，都有些醉了。

“我和小兰先在房间里洗漱，她洗澡的时候我出去，心跳得快，感觉前胸就是薄薄一层，随时都要被崩碎。该我了，简单冲了冲就出来了，小兰还坐在床上，穿着她的睡裙。太美了。我挨近她，我也不知道怎么就挨近了她，她都没有排斥的意思。最后我亲了她额头一口，忍住了，就换了衣服下去喝酒，喝了不知道多少，第二天被人抬上去丽江的车。”

“为什么停下了？”我又插了话。

阿哲向右一指，示意我往青旅走。他边走边说：

“我还是太紧张了，可能换作现在的我会好很多吧。我一直不理解排斥青旅的那些年轻人，觉得他们娇生惯养，太过做作。其实接触久了，才发现这都是自己的恐惧，恐惧接触自己经验外的事情，恐惧会被视作 low 货。恐惧造成了排斥。小兰和他们有些像，但又不同，我感觉我在她面前，无论拥抱，还是亲吻，都不是一个多么值得叙述的事儿，不值得笔墨，只要自然，就像吃饭一样简单。她像是跳跃在生活外的精灵，而我是她偶尔掠过的一个身影，她太自由了，对待一切都像是洱海旁边的风景。她可以在这间屋子里回到我的地面，也可以瞬间又从我这里升起。这是一种我从来没有感受过的想法，我摸到她的那一瞬间，吓着了自己。

“何况我还有女友。我对此也没那么放得开。女友那天给我打了很多电话，因为没电都没接到。我和小兰在一个房间里，重新开机后，手机不断地响铃，我也没法视作不见。所以我就出去喝酒了，那一瞬间我对自己特别沮丧，像是被抛弃在篝火里封口的松子。”

阿哲说完，我们已经站在青旅门口了。他转向我，像是独白，也像是告诫地说：

“其实你和我有一点像，从第一天住进来你对谁说话都警惕就看出来了。这不重要，我也不打算问你的私事，我想说，虽然你密闭得像个贝壳，但你要知道贝壳的好处，世界对我们是缓缓打开的，只要你真的在打开的路上。”

另一拨喝完酒的人也回到了门口，当当当，他们敲了房门几下。我叫住了阿哲，侧身让这些人过去。

“怎么？”他问。

我突然不知道问什么。他的话每一个字都打在我的胸口，质问、否认、怀疑、岔开，都没有了意义。他笑笑准备进去，我忽然想到了问题。

“你呢？你后来呢？不是还要和女友在丽江碰面吗？”

“她啊，”阿哲笑了，“她在丽江等到晚上，才等到满身酒气的我。我们一年后就分手了，她也没去成美国，最后在澳洲读书。她拉黑了我所有的联系方式。嗨，也不知道她怎么样了。”

“小兰呢？还有联系吗？”

“没了，消失了。”

“难道没打过电话？你们不是留了号码吗？”

“哦，那倒是打过，可是总是没人接啊。”阿哲没有什么表情，边走边说，“只有一次，电话通了，我听出来是小兰的声音。我说：‘喂，喂，小兰吗？’她那边刺刺啦啦，只听清一句：‘抱歉哦，我在工作，一会儿打给你！’就再也没有然后了。”

夜晚的古城只有主路还有灯光，黑黢黢的。我们返身进了青旅，没一会儿就到了前台，萨摩犬热情地欢迎了我们，大概是寂寞了。

第二天，我睡到下午才醒，发现阿哲已经走了。我模模糊糊地觉得他好像在天才亮的时候就在整理床铺，似乎还站在我的床头，盯着我看了一会儿。我不确定这一点，因为我经常分不清梦境、现实。但是他确实在那天离开了青旅，带走了他讲述给我的爱情故事。

三月底，樱花被下关风吹落，我也离开了这里。

火车上的信

一

傍晚的沈阳灰蒙蒙的，像是被洗煤的水浸过。火车站乱哄哄的，更显得如此。冬日的夕阳下，一堆堆包裹拽着人群，疾步走向车厢。一列戴着红帽子的女孩尤其引人注目，看年龄，都十五岁上下，紧跟着打旗的老师。女孩子们都身材极好，路过的人都不禁回过头看，有人啧啧出声，猜测是不是艺术生。旗上的标语印证了他的判断：“油娃舞蹈队”。

玲玲就在队伍中间，低着头拉着箱子。这是她第一次在没有父母的陪同下出远门，参加远在成都举行的舞蹈夏令营。本来她不想去的，但是带队老师许诺她，如果表现好，就能够在自主招生的时候给她特殊的推荐，再加上她最好的朋友茜茜也被选中，玲玲最后还是参加了。

舞蹈队下午才从黑龙江到沈阳的车上下来，晚上又来到火车站，玲玲有些倦了。听领队说，这趟火车要开四十二个小时，所有人都闷不作声。果然难啊，玲玲想，要两晚上呢，没有爸爸妈妈。但是和其他姑娘相比，玲玲有一个秘密的念想，又令她增添了盼头，想着，她微笑起来。

舞蹈队全都登上了火车，除了茜茜。领队焦急地给她父母打电话，最后才获知，茜茜临时退出了比赛。领队并没有多沮丧，他最关心的是人走失没有，毕竟茜茜只是替补，倒是玲玲很难过，少了最重要的伴儿。

六点半，火车缓缓开动，玲玲躺在上铺，看了看周围没人，偷偷从书包里掏出小礼盒，从里面捻出来最上面的信封。她抿着嘴唇，打开撒着金黄色亮点的信纸：

“亲爱的玲玲：见信如晤！”

玲玲马上心跳快起来，周围的嘈杂声不见了，一股粉红色的温暖环绕了她。

“现在你应该到沈阳了吧？亲爱的，我应该才从篮球场回到班级。我一定会忍不住看你空空的座位，想到你回眸的笑容，这只会让我更加悲伤。没有你在，真是太难过了。”

玲玲笑得露出了几颗牙齿，忍不住把脸扑到被子里。子豪太暖心了，提前预备了一个礼盒给她，满满的都是信纸。子豪嘱咐她，一定要按照交代的顺序看，不准提前。玲玲捏着信封，反复回味子豪的词句，她想从中攥出爱情的思念来。

“亲爱的玲玲，你要好好照顾自己哦！不知道你吃的带够没有，要记得多喝水，停站的话，要去站台歇一歇。不说了，老师肯定要抓住我溜号，给你在心里做一个拥抱的动作！抱抱你。下一封信要十点钟拆开哦，不要提前。爱你！”

火车已经开到全速，铁轨的隆隆声传到铺上，玲玲两只手捏在一起，幻想了拥抱子豪的样子。又忍不住，伸手，在空中揽住一片灯光，好像子豪就在身旁。So sweet！

不过，下一封信要十点钟才能看，这倒让玲玲有些失落。她仔细查了下礼盒，总共七封信，按时间间隔正好够两天火车。她默默地为子豪的细心感动，也有一点后悔。两人这一周有些拌嘴，冷战了一阵，她赌气，没跟子豪告别。没想到他还是这样好，玲玲觉得自己太小气了。

拌嘴也不是什么大事情，有次玲玲发现子豪和茜茜在一起买东西，狠狠地发了脾气，后来才知道是子豪找茜茜帮忙，给她挑选生日礼物。想到这里，玲玲又担心起茜茜，她怎么忽然不来了？前几天看她就脸色不对，训练时候早早就离场，真是的，难道伤到了哪里？可惜，所有的队员都不让带手机，只能通过领队跟家里人联系。她真想给茜茜打个电话。

和子豪的冷战不只因为这次拌嘴，这说来话长。子豪是篮球队员，玲玲则偶尔客串啦啦队员，从高一的一次比赛上认识到现在，两个人在一起半年了，慢慢地没有了最开始的热烈。玲玲又害怕，又沮丧，可是子豪总说无所谓，爱情会归于平淡。这次好了，看他这么耐心地准备礼物，仿佛又回到了最初。

“吃饭啦！”领队喊着，他才从餐车回来，带了十几个盒饭。玲玲应着，赶紧收起纸盒，扑通通地下去，笑容满面。

二

硬卧车厢九点半就熄灯，仅留着过道的一点亮光。玲玲上了床，她仔细地听着别人的动静，十点左右，所有人都休息了，只有两三个中年人睡不着，坐在走廊的小座上喝酒。她又揣了信盒，悄悄地下去，假装去上厕所。到了火车的连接处，她拿出了信。

“玲玲，Hi！

“你们应该已经熄灯了吧！我记得火车是九点钟，或者九点半就熄灯？但是每次第一晚我都睡不着，还要磨蹭一阵儿，所以才让你十点钟开启这一封信。

“你常和我说，不知道感情能维持多久，但你希望能像最初那样美好。我偶尔打击你，但是你要知道，我也是很爱你的。再过一周，我们就在一起整半年，再过两天，就是你的生日，可惜我都不能陪在你身边。

“亲爱的，和你在一起真的很快乐，我想到我们拥抱、亲吻，这都是青春闪光的回忆。

“不说了！要下晚自习了。拥抱你！

“爱你的子豪。”

玲玲翻了翻后页，没了，这封信只有这些。她顿时起了疑心，子豪说这个干吗？为什么强调这是美好的回忆？她隐隐地不安，不自觉地，又掏出来下一封信，那上面写着开启时间是第二天早上八点，但她抑制不住自己的紧张，算了，拆开好了！

她只花一秒钟就看完了，看得哈哈大笑。原来上面写着：

“坏蛋！你偷看了吧！

“哈哈，我就知道你忍不住。快去乖乖睡觉咯！下一封才是明天早上的信。”

子豪太坏了！玲玲心里想，还有些感动。但她现在肯定是睡不着的，忽然，她想到其实自己可以给子豪回信，每看一封，就写一段，回到学校一起交给他。这个主意不错！她立刻返回铺上，取了纸笔，又回到火车连接处。这里本来是吸烟的地方，没有座位，玲玲就蹲在墙壁旁，把本子铺在膝盖上，勉强写着。

“坏子豪！你敢要我！”

她想了想，又把这句话划掉，翻到第二页。算了，两人毕竟才冷战完，这么开头又让她想起之前的紧张氛围。

“亲爱的子豪见信如晤：我现在蹲在车厢吸烟处，好多烟味，听报站说，下一站是山海关，我可以下去买点东西。你真是太好了，还给我写这样的信，没有你，我都不知道该怎么打发这段时间！”

玲玲对这个开头还算满意，她调整了坐姿，继续写着：

“虽然你给我的信都不长，但我决定写长点给你。哼！便宜了你！

“没错，我常说，希望我们像最初那样一直美好下去。虽然我有时候没有信心，但是，我真的好想能够如此！我害怕爱恋消失，害怕变成陌生人的样子。每次看到茜茜和她的男友，哦不，之前的男友，在街上擦肩而过，头也不回，我都很恐惧。我们永远都不要这样好不好！

“嗯，对不起我又说这些了，本来好好的，应该开心起来。亲爱的，我保证回去之后不再天天缠着你，要你对我许诺了。我们要努力，向前过好每一天，这样才能到同一所大学，正大光明地在一起！”

写到这里，玲玲有一点激动。平日里，总有老师或者领队抓着，不让学生谈恋爱。她和子豪只有找机会要假条，偶尔的中午在教室约会，过不了二十分钟就要分开，锁好门，免得查楼的老师发现。她想着，大学好美啊，可以公开牵着手，可以在草坪前拥抱，可以一起和朋友们去玩。哦不，不包括那个，就是两个人在一张床上……做那个。怎么会有人这么忍不住呢？大学还应该是个纯洁的地方，她的贞洁，要结婚之后才能交付给对方。就算是她这么爱子豪，她也明确地告诉他，要好好努力，等到长大了再说！

“子豪，现在是十点二十分，我马上要……”

忽然，玲玲听到有人走过来。她立刻掖好纸笔，站起来。她看清了，是领队。领队才大学毕业，到高中做舞蹈老师，玲玲一直疑心他对自己有意思，平时训练时，她总觉得领队在找机会指导她，趁机摸她的腰、腿。他来这里不是什么好事儿。

“哟，你怎么没睡呀？”领队凑了过来。

“没……没什么，我在等着上厕所。”

“哦？”领队推了下厕所门，“开着的呀？”

“我……”

玲玲紧张得说不出话来，太窘了，撒谎被现场揭穿。

这时候，列车缓缓地要停站，玲玲马上改口。

“不是，我是说我想下去买吃的！”

“老师陪你一起去？”领队笑着问。

“不用啦！谢谢老师。我还是回去睡觉吧！”

说着，玲玲从领队的身旁穿过，一路小跑去了床铺。她心里直跳，不知道在怕什么。要是子豪在就好了，她想，他那么高，那么壮。想着，又摸了摸怀里的信。

三

这趟火车从沈阳出发，经过河北、天津、山东、河南、陕西、四川，最后第三天中午到成都。玲玲查过，知道第二天会在菏泽、洛阳、西安停下。这是几个大站，可以下去买东西吃。火车上只有盒饭、泡面，吃一顿就腻了，山东的扒鸡、西安的面皮，她都吃过，很喜欢。早上起来，她还在聊城站下车转了转，惊喜地买到了包子，热乎乎的，开心了好一阵。

玲玲准时在八点钟拆开了信。子豪又嘱咐了她要好好吃东西，第四封信是中午十二点钟，玲玲买了饭上来，偷偷在被窝里看的。子豪又说了一些反常的话，什么谢谢她这么珍惜他，他是一个不值得深爱的人，而玲玲像是一张白纸，他何德何能，拥有了她美妙的初恋。

这太奇怪了，玲玲的不安感觉又开始袭击她。她甚至怀疑子豪是不是不爱她了，她想到之前的冷战，那个冷漠的、可恶的样子又浮现出来。浑蛋子豪！他那时候根本都不理我！他看着我就绕着走，还等着我主动和他道歉！

玲玲越想越生气，更多之前的委屈也都复活了。他们已经一个月没有私下约会了，上一次，她好容易才弄到假条，和他在教室里单独相处。子豪一直心神不定的，怕有人来查。玲玲知道，年级主任几天前抓了一对男女，没有说姓名，但年级通报批评了一次。可是她觉得那是主任吓唬人，怎么能每天都查来查去？何况她准备得很充分，从外面根本看不出来反锁。子豪不安的样子令她不屑，哼，不见就不见，后来又赶上冷战，俩人就再没单独相处过。

可是，玲玲又想到，他为什么又要给我做这么贴心的信盒？这明显不是一天能做完的呀。他肯定是准备了好久。也许，子豪是知道自己错了，但又不好意思道歉，才用这样的方式挽回？还真没准！他们篮球队的人都这样。上次有一对男女朋友，也是僵了很长时间，最后找别人递纸条，私下里软了话。玲玲这么一想，宽慰不少，是的，子豪一定是不好意思直接道歉，所以说这些奇奇怪怪的话，绕着弯子取悦我。

火车经过洛阳的时候换了一次车头，玲玲趴在窗子边，看浑黄的黄河水。河北真是平坦呀，田野、村庄、田野、城市，好没意思。还是河南好玩，有黄河，换一次车头能看两遍。不过河南上车的人也多，她们车厢下去十几个人，又都在河南补上了。原来齐刷刷的东北口音，被河南话掺在一起。玲玲虽然不太喜欢河南话，但因为总觉得能听懂，就去竖耳朵听，费半天劲儿结果听个半明白，很懊恼去花了精力。尤其是午睡时候，这种半懂不懂又想弄懂的话太恼人，搅得她睡不着。

下午时候，领队拿了一副扑克，叫了几个女孩一起打升级。领队也喊玲玲，可是她不答应，只自己躺在上铺，听她们在下面一会儿笑，一会儿嚷。领队真是太讨厌了，好像一直在偷瞄她，这个人油头粉面，好好的男人，弄得这么娇气！真是不如我们家子豪，黑黝黝的，又高又壮，抱起人来都喘不过来气！领队有一次看到玲玲在打排球，也凑过来要打，兴奋了，还扣球，显摆自己的力量。太讨厌了，你有本事去篮球场呀！在我们这儿装什么大力士。娘里娘气的，还不安好心，烦人！

“110 分！坐牢！”领队的声音传来，“连着三把了！”

玲玲厌恶透了，下了床，去远端的座位坐着。她还在想子豪的事，她才拆了三点钟的那个，很短，只是说到哪个站停几分钟，算是帮她查的行程。盒子里的信还有两封，分别是晚上七点，第二天上午九点。里面写了什么呢？会不会是告诉我生日礼物的事儿？或者……我们在一起半年？玲玲越想越坐不住，干脆，拆开看看？反正他也不知道呢。

她就又取了盒子来，领队看她爬上爬下，一脸疑惑。玲玲又回到远端，她平整好旧信，看着上面画的小兔子图案，会心一笑，子豪知道她最喜欢兔斯基了。玲玲犹豫地抽出剩余的两封，反复在手里掂着，到底要不要拆开，到底拆不拆开？想着，有一封信忽然露了出来，玲玲一咬牙，那就先看这个吧！日期是明天上午九点的。信上只有一小段话：

“玲玲，我会永远记得和你在一起的时光，你要记得，我永远爱你。”

她脸色一红，被直白的爱意感动了，原来是最后再给我表白，哈哈。但当她正准备将信收回时，忽然看到后面写了字：

“我会学着放弃你，是因为我太爱你。”

这是周杰伦的一句歌词，玲玲知道，那首歌和分手有关。她脑袋嗡的一声，立刻想拆开下一封信，看看究竟。她匆忙地翻着，忽然火车一个急停，她没收住，信撒了一地。她发着抖，趴在地上捡信纸，旁边的下铺睡了一个中年胖子，汗脚伸得老长，玲玲也没管。她终于找到最后一封，看到开头，差点哭出声：

“玲玲，我想了很久，还是觉得，我们该分开。只是，我……”

四

信的全文是这样的：

“玲玲，我想了很久，还是觉得，我们该分开。只是我没有勇气当面说出这些，我想，用这样的方式，会让痛苦没那么直接吧。

“玲玲，和你在一起，是我很幸福的一个决定。有你在篮球场旁边看着，我有了从未有过的动力去训练、去拼搏，那种冲劲儿我不会忘记。还记得才在一起的时候，我们有一次大胆地在学校里肩并肩地走，好多人投来羡慕的目光。事后有女生朋友告诉我，说‘你们俩真配’，我听了心里是那样地满足。

“但是，但是玲玲，我们后来在一起的时间里，这种满足却越来越少了。我们更多的是吵架、冷战、不理解。你不断地要我说那些承诺，不断地要我为你保证，我实在是难以应付。我不知道自己要用多少承诺才能安慰你，你什么时候才会放松下来，就像平常一样。我感到越来越累，招架不住，却怎么也没法让你开心。亲爱的，这种感觉太糟糕了。

“后来，后来我们就越来越远。我觉得就算我们单独相处，也没有多少话了。永远都是担心，承诺，你也不再愿意听我说篮球的事情，我只好把训练的压力讲述给其他人听，只好把自己的苦闷说给别人听，这很不好，我慢慢地都不再想和你分享我自己的事情。这样，我知道我自己出了问题，我们出了问题。

“一周前，父母帮我找到了另一所学校，在广东。那里出过几个国手，训练条件比这边强得多。我知道他们为我操碎了心，为了找这个学校，也花了很多精力，不忍心拒绝他们。我决定转学去那边，追求我的篮球梦想。

“亲爱的，这样我就要离开你了。我想，也许这是好事，我们就这样分开吧，不要把最后的不开心拖下去了。你在这边追求你的舞蹈舞台，去成都好好表现，我也在遥远的广东努力。如果还有缘分，希望未来更成熟的你我再相遇。

“分开吧，亲爱的。也不要再寻找我、联系我。希望你一切都好。

Bye baby. 我曾经爱过的你。”

玲玲眼睛模糊了，眼泪扑簌簌地滴到了信上。她好容易才止住，掩面走到卫生间。在那里，她大哭了一场，她不明白为什么去广东就一定要分开，为什么有了一点压力就一定要分开，不是真爱能战胜一切吗？子豪怎么这样就放弃了？她想不通，她想现在就站到子豪面前，质问他、责怪他、请求他。不，她想要子豪告诉自己，这封信不是真的，他只是一时冲动。

晚上，领队又买来饭，却发现玲玲一个人躺在床上，根本不理会任何人的呼喊。他想上去叫她，却被其他队员劝了下来。玲玲最终一口饭都没吃。火车轰鸣着前行，过了河南西部，就不断地钻隧道。黑，亮，黑，亮，小队员们都趴在窗前看，玲玲也没有反应。

八点多钟，车到西安，这是大站，会停十分钟。玲玲终于坐了起来，她慢慢地下床，穿好鞋子。所有的队员都在看她，她眼睛红肿，脸颊上明显有两道泪痕，有人想问问她怎么了，玲玲根本没有理会。玲玲走出车厢，到站台上站着，西安的夜风吹来，她都没有感到冷。

“怎么了？”领队跟在她身后，问。

玲玲没吱声。

“是不是想家了？”

玲玲冷笑了一下，领队一说她倒想起来，要是在家就好了。

“吃点东西吧。”领队说着就在旁边准备买饭，玲玲一个人站着，她想到自己这一趟行程，居然没有能说话的好友。唯一一个总和自己聊天的，居然是讨厌的娘炮领队。就算是对自己有意思，也难为他花这么大精力。

领队买了肉夹馍过来，玲玲接过，说了一句“谢谢”。忽然，她有一种强烈的和人倾诉的欲望，但是她忍住了，不管怎么样，他都是老师啊！她不能把自己早恋的事情说给他。但她想到了另一个话题，她想知道茜茜怎么了，是不是受了伤。

“哦，茜茜啊，”领队露出了神秘的微笑，“你们是好朋友吧？按道理我不该说这些的，但是你们关系好，我只和你说。”

玲玲皱了皱眉。

“茜茜怀孕了。”领队凑近了，在她耳旁低语，“你记得上周训练，她提前退出吗？校医给她检查，意外发现她怀孕了。后来家长都来了，才承认是和篮球队的一个前锋搞的。好像叫，子豪？”

嗡的一声，小玲差点把手中的吃的抖在地上。她眼睛都瞪圆了。

“子豪？”她问。

“对，那个高个子，黑黑的。”领队比画了一下身高，“怎么，你认识？那太不幸了，你回去也见不到他了。我们上车前，学校才和两家家长谈好，都劝退了。等到了成都，你可以给茜茜打个电话。这件事儿你不能外传哦……”

领队后面的话玲玲已经听不到了，她怔怔地站在原地，远方，广播声响起，很多买东西的人走回车厢。

西安的夜风吹过，她觉得有一些凉了。

摄影师：Littlecal

肆
Four

|重生|

结果，
那却是当晚最疯狂的一次表演。

我们直到上台前一个小时还在修改细节，
正好有一位朋友戴了墨镜，
李斯决定，
在我做箭头的队形里，
一转身的瞬间就戴上它。
在舞台上，
这被证明是当天最亮点的举动之一。
李斯做的配乐也非常新颖，
节奏奇快，
断点奇特，
五年后的今天，
我才从 B 站里看到类似的作品——鬼畜。

曹哥

一

曹哥把隋老师按在暖气片上暴打的半个月前，我才被隋老师在班级里弄哭了。

当时我们上初三，我长个儿早，已经一米八一，瘦，总坐在最后一排，很少在课堂出风头。隋是我们班主任，也是数学教师，我从来不和她主动说话，但她有一个习惯，每次考完试，她都要站在讲台前发卷子，念到人名，那个同学就要上来领，隋读出分数，然后评点两句：

“翰林，上次的批评对你有效果，保持住第一的位置，听到没？”

“子宁，你就知道要聪明，怎么样，分数掉了吧？”

“齐群！你自己看吧，下课去我办公室！”

我成绩中等，也不担任什么班级职务，发到我，我就取回来，通常没什么评价，那天我也以为会如此，但隋忽然叫住我。

“你刚才说什么？”她问。

我一头雾水，什么说什么？我什么都没说啊。

“我告诉你杜修琪，别在我面前甩甩搭搭的，”她掐着腰指着我，“嘴里还骂骂咧咧，你和谁耍心眼呢！”

“我没有啊，我……”

“你给我闭嘴！”她声音尖细起来，一拍桌子，“到门口站着去！”

我看着怒目圆瞪的她，莫名其妙，但是她口气坚决，全班的人齐刷刷地看着我，没办法，只好拿着卷子去门口站着。我从来没被人这样羞辱过，何况是这样莫须有的方式。很多人偷眼瞟我，尽管没有恶意，也让我心里很不舒服。隋更假装没有看到我，抑扬顿挫地说着，课堂没到一半，我就绷不住了，委屈得眼前一片模糊。

十年过去了，我很多次回想此事，每次都惊讶于自己的懦弱。为什么不和她争辩？为什么不摔门而出？为什么还认为自己委屈，还哭了出来？隔空的指责没有意义，我只有默认，当时的我没有勇气，在权威面前站着说理，或者不讲理。

也有人曾经比我勇敢地还击过，比如班里跳舞最好的女生。初一的时候，隋因为一些琐事训斥她，她大声争辩，气得隋面红耳赤，隋摔门而出。几个小时后，女生的家长就站在办公室门口，请求隋老师原谅，撤回开除他们女儿的要求。当天晚上，女生就站在全班面前，向爱她心切的隋老师道歉，保证再也不会冒犯她。

几次类似的事情过后，隋的威严牢牢地树立起来，我们班也成了年级有名的红旗班。自习课时，她偶尔来教室视察，高跟鞋声离得老远，坐在门口的同学就会悄声提醒："隋老师来啦！"立刻鸦雀无声。偶尔她换了运动鞋，提醒的人没发现，她就要发一通火。我清楚地记得一次她站在门口训了五分钟，反复说着一句话：

"你们这些人就是奴性重，我来了才闭嘴，这不是奴性是什么？"

所以，曹哥揍她之前，隋已经规训了我们三年，距离上一次的公开抵抗已过去了两年。考试之后的一个下午，她正按照老规矩发卷子，很快到了曹哥。曹哥的成绩本来不错，那一次却掉到了中间。隋准备借此敲打敲打他。

"哟，这是谁呀？"她捏着卷子问，眼睛故意绕开眼前的曹哥，

“谁的卷子才考了这么点儿分呢？”

说完，她戳了曹哥一下。

“谁呀？你回答我呀。”

不知道为什么，曹哥就是不抬头。我们在底下都急出了冷汗，想抬头看，又怕隋忽然转移火气到自己头上，只好偷偷瞄着，为曹哥担心。哎，准是昨晚和子宁偷了超市的二锅头太兴奋，在寝室一人半斤，脑子喝木了。也可能是因为中午齐群没借他文曲星玩，曹哥生了气，没睡好。可是曹哥啊，你也别因此和隋杠上啊。

“哎哟，你还知道害羞了？不吱声了？考试的时候你的脸去哪儿了？啊？！”

说着，隋蹬着高跟鞋下了讲台，戳的劲儿越来越大，像缝纫机一样扎在曹哥的胸口、胳膊、脖子上，我忽然觉得氛围不对，曹哥怎么到现在还没有声音？一种隐约的快感从我脑海里穿过。

是的，曹哥爆发了。

“你他妈别戳了！”曹哥大吼一声，然后隋的身体就飞了出去。我已经记不清楚到底是先听到吼声还是先看到她飞出去。总之，两秒钟之后，隋老师被曹哥推到了窗台的暖气片上。

全班人都愣住了，我们在后排伸长了脖子，半站了起来。那是一幅我永远不会忘记的景象，曹哥像推着陷在泥里的汽车一样，斜着身子，双手笔直地顶向前方，隋老师的身子像悬在空中，重心全失，飞到暖气片的几秒钟内，她只发出了高跟鞋趿地的“哒哒哒”声。

砰。

“哎呀我的腰！”

隋老师撞在又硬又烫，我们避之不及的暖气片上。暖气片上方二十厘米就是窗台，大理石板铺得正好和暖气片平齐，所以曹哥将隋老师推在暖气片上总共经历了两步：腰背顶在铁片上；头颈磕在大理石窗台上。

曹哥的愤怒并没有减弱，他拽住了隋老师的肩膀，猛烈地晃了起来，即使在最后一排，我也能听到他的怒吼：

“我说了别他妈戳我！你他妈还戳？！”

太狠了，我们都记住了，说什么也不能戳曹哥。

我们的心态很快从为曹哥捏把汗转到了隋身上，天哪，他不会把老师撕碎吧。但曹哥忽然停住了。隋老师大概捂着胸口和后背缓了半分钟，后来，扶着腰要扇曹哥的耳光，曹哥却恢复了之前闷不作声的状态，清脆的几声之后，隋一步一歪地走出门去。很快曹哥的母亲也来了，曹妈妈来得这么快是因为她的办公室就在楼下，她是我们的历史老师，和隋搭班，那天晚上，曹哥被迫在全班面前做了检讨，他歪着脖子，自顾自地说了几句对不起，然后就翻了眼睑，仿佛听不见任何人说话。

隋大概也觉得有了台阶，她怒视全班，转身和曹哥的母亲出去了。曹哥就像雕像一样在讲台旁站了一节课，就在我哭出声的地方。那天之后，班级里再没有人敢当面挑战隋的权威，但更关键的是，包括所有老师和学生在内，再没人敢激怒曹哥。

二

一般来说，引人注目的中学男生，只有两种类型：

一、酷。打篮球，踢足球，叼着烟横着膀子走，这都是酷的途径。这种人特别招男生羡慕，偶尔有女生会为此着迷，但是肯定不受老师和家长待见。

二、优秀。成绩好，有特长，担任班级或者学生会职务，都算是优秀的成分。他们受家长和老师喜欢，女生的态度我到现在也没品味明白，也许是不讨厌吧，但根据经验，这两种类型的男生肯定是互相看不上。

哦，还有比这两种分类重要得多的一个因素，帅。长得帅就随便了，爱什么类型什么类型。

曹哥哪边都不沾，他身高中等，圆脸，笑起来有浅浅的酒窝。

身材偏壮，带着贴身膘，能说得上可爱，和帅还有点儿区别。他热衷篮球，但是技术一般，属于给队友挡人，传出去球很少被传球的那种。曹哥的成绩一直不错，可是上课不怎么听课，都是自己琢磨，老师不喜欢这类学生。即使打架，他也是打老师，打欺负他的学长，和一般的混混路子不一样。

我们的学校是封闭式的中学，小学五年级时就作为预备班，我和曹哥从那时就开始做同学，初中在同一班级，高中在同一年级。七八年间，曹哥都受到了同学们最广泛的欢迎，无论男生女生。他太特殊了，随时都钻在自己的世界里，不和别人争，不和别人抢，每隔一阵子，他总能鼓捣出令人惊喜的成果，同学都恍然大悟，噢！原来他在研究这个。

他的成果包括：用牙膏盒和牙签做成的飞机模型；用胶布和桌布自制的拳击手套；在实验室置换出来黑色的银粉……

噢，飞机模型，那个轰炸机一样的牙膏盒，我依然记得他做出来时女生围观的样子。当时曹哥坐在我前排，连着两天，他都在晚自习的时候低着头，偶尔发出嘶啦的响声。我知道他弄了两个牙膏盒，知道他在剪裁、粘贴，但不知道他究竟想弄什么出来。

晚自习的第一节课下课，学跳舞的女孩走到曹哥旁边，找他聊天，他们关系一直不错。曹哥从课桌里掏出他的作品，我坐在他背后看不到他的表情，我猜是嘿嘿笑着，女孩儿的表情我看清了，她双手翘开，嘴巴圆成了O形，猛地拍了个巴掌，然后跳着脚转圈，向我们喊叫：“看哪，他做了什么！”

我们当然要过去围观。曹哥咧着嘴举给我们看，一个牙膏盒做了机身，另一个被拆成纸板，合成翅膀、螺旋桨、发动机，它们连接的部分有一些是胶带粘贴的，另外的像木建筑的接榫一样，拼插在一起。曹哥还用了一个橡皮筋缠绕机尾，让它能小范围地动一动。很多细节我可能记不清楚了，但我确定他还在上面做了一些装饰，不，不是那种用铅笔或者圆珠笔画的粗浅的画，而是橡皮丁、铅笔芯等拼起来的结构性的玩意儿。

很快这架飞机边就围了一小群人，课间是如此地短，人们只好散回座位上。于是，小飞机就像小字条一样在课桌之间传递。我当了十几年的职业学生，这是除了课外书、考试答案、第一名的作业以外，唯一被全班像宝贝一样传阅的东西。

曹哥很满足，我坐在曹哥身后，也莫名地兴奋。枯燥单调的中学里，曹哥不断地拓宽着我们对“兴趣”这个词的认知，他是手工活时代的极客，带领我们发现网吧、篮球、手抄本小说以外的爱好。要知道，虽然我们在一所超级中学里，但边疆省份的超级中学远不如北上广的普通学校那么精彩，没有船模比赛，没有瑜伽网球定向越野，我们的时间被牢牢拴在和学习有关的项目上，即使被冠以第二课堂的玩意儿，也只是些口语训练、计算机五笔、奥数或者物理。有一年忽然搞来一个老头号称要教俄语，没坚持半学期就被家长告了下去。

我不知道曹哥是从哪里了解到模型知识的，总之我们从没见他读过这些书，或者参与类似的培训。我明白，这个轰炸机非常简陋，它甚至都算不上什么模型，但在我眼里它就像泰坦尼克一样伟岸，它像尖刀一样戳穿了我们一群人的想象力，那是一种孤寂的创造，曹哥一个人站在那里，一次又一次，我打心眼里佩服这种能力，太他妈酷了。

曹哥的考试成绩从来都是个有意思的事儿，他物理、地理、生物、历史很好，语文、化学、政治糟糕，数学呢，好像看心情，有时候分数还不如我。初中时候，成绩好的人基本固定了，极少的两个靠天赋，多数凭借努力，剩下的是运气，曹哥是其中唯一一个靠心情的。我们的年级第一被二班的矮个男生霸占，他戴着高度近视镜，参加了学校所有的奥数竞赛。有一次期末考试，他得了阑尾炎，才动刀子，仍然坚持让父母去班级拿卷子，一套不落，弄得老师非常心疼，劝他好好休息。考试时候，他忽然打着吊瓶，捂着刀口就来了，考完成绩出来，还是第一。

隋老师把这件事情在班级里绘声绘色地讲了一遍，啧啧出声，让我们向他学习。我们几个坐在后排的男生已经控制不住笑声，哦天哪，如果曹哥动刀子，我保证他不会来拿卷子，去他妈的考试，他会弄个航母给你。

三

初中的后半段，曹哥有了一点变化，他开始对女生感兴趣了。

这令我有点无所适从，主要是觉得他这么个特立独行的人，居然也会和我们有一样俗气的话题。但曹哥毕竟是曹哥，我们还停留在给女生的姿色排名次，互相摸对方喜欢谁时，曹哥已经动手了。

一天中午我们从食堂吃完饭回到宿舍，曹哥稍晚了一会儿才回。他捂着肚子坐在铺上，忽然掏出一个餐盘。中学食堂都用餐盘打餐，在入口处取，吃完放在出口处，不锈钢的，看着不错。因为要在宿舍泡方便面，我们偶尔会从食堂顺两双筷子，没谁会冒着被食堂阿姨按住的风险拿餐盘。当然，拿了也没什么用。

曹哥掏出来时我们都傻了，接着，他又拿了一个不锈钢碗出来，这才脱了夹克外套，灿烂地笑起来。

“我操，你怎么搞出来的？”我问。

曹哥不说话，还是笑。中午他就把餐盘放在枕头下面，查寝的老师没有发现。到了晚上，曹哥先回来取了餐盘，倏地跑了出去。等到熄灯之后才从一楼的厕所爬窗回来。他谁也不理，倒头就闷在被子里，我们都不知道餐盘去了哪里。

第二天女生们才告诉我发生的事情。原来曹哥揣着餐盘去了女生宿舍，十点多钟，忽然敲一楼女生的窗户，惊魂未定的她们披了衣服，看到曹哥在比比画画地说着什么。一个姑娘打开了窗子，曹哥抬起手，精准地从防盗窗的缝隙中塞了餐盘进来，姑娘愣了，习惯性地接过来，曹哥留了一句话：

“给小蕾的！”

转身就走了。

小蕾是我们同年级的一个女孩，高个儿，漂亮，很多人喜欢她，没想到曹哥也对她有好感。接餐盘的姑娘子宁才缓过神，想到窗口说两句话，曹哥已经拔腿跑了，顺着墙根找到了男生厕所，一翻身滚了回来。

所有人都不知道该怎么评价这件事儿。中学时候，我们对爱情的理解几乎都来自于郭敬明老师的书籍、台湾偶像连续剧，还有《男生女生》等粉色系杂志。按照它们的模式，男生要刷好感怎么着也是先约出来吃饭，深情款款地说些情话，礼物嘛，什么“石头记”“啊呀呀”里面挑点假首饰，曹哥忽然扔了个餐盘，这完全超出了我们的世界观。

曹哥仍像没事儿人一样，我们想问又不敢问，关键是不知道该问什么。但是全年级都知道了他对小蕾有意思，因为半个月以后，他单独约了小蕾出来散步。两个人就在校园主路旁的小树林走了一会儿，曹哥不怎么说话，小蕾正不知道做什么的时候，曹哥忽然凑了过去，亲了她一口。

小蕾大概和曹哥一样高，曹哥转身之后，头比她还矮了一点，一拧脖，亲到了她的耳朵下面。小蕾愣住了，这是做什么？她正在想怎样地回应比较合适，曹哥又快步离开了，留着她摸着自己的脸颊站在原地。后来她回忆说自己特别后悔，没当场给曹哥一耳光。

此后，连语文老师都开起了曹哥的玩笑，逗他说，你对那个女孩很有意思嘛。曹哥也不恼，就这么听着。

但曹哥的情场不太顺利，中学期间一直没有谈到女朋友。到了高二，他分到了理科尖子班，我转到了文科尖子班，见面少了，他开始受到一个更重大任务的压力：高考。谈恋爱的窗口期好像 biu 地一下过去了，少年时代也 biu 地一下，被高考吃了。

这时候，曹哥起伏不定的成绩终于麻烦起来。年级里需要确定重点培养对象，每天下午单独开课，那年刚好赶上自主招生改革，学校要确定推荐考试的名额，曹哥都因为不稳定错过了。老师们不再劝导他，大家的注意力都集中在可能考到清华北大的尖子生身上。

那时遇到曹哥，他都一副愁苦的样子，看得出虽然在压力之下，但他真的想做好这件事儿。我特别心疼，看到自己的精神偶像被这样一件俗务摧残，实在是比摧残我都要难受。每次，我都手搭在他的肩膀上，劝他：

“曹哥，你就不该读书。”我说，“你应该穿着带铁链的蒙古服装，在呼伦贝尔待着，左手搂着美女，右手牵着骏马，驰骋草原，读书真是让你痿掉了啊！”

曹哥苦笑，我不知道他怎么想，但我是认真的。

最后的两个月，我们见面的次数少了，每个人都像是惊弓之鸟，弦紧绷绷的，跟着老师的押题预测四处补习。我只记得，曹哥还是和以前一样，但是不再愁眉苦脸了，听他说他已经不跟着老师的进度，只是自己看，自己做。我隐约觉得这样更适合他，他的所有惊人之举都是自己鼓捣出来的。每次和他打球，和他玩单腿抓人，我都觉得他像是鼓捣那个牙膏盒轰炸机一样，能从中获得乐趣，宣泄自己的精力，他是如此专注于活动本身，不像我，还考虑着别人的观感或者朋友的情绪。

高考结束后，我们很快返校估算分数。那时要估分，报单独志愿，所以对自己的预测特别重要。下午的时候，我就听别人说曹哥的成绩爆炸了，他居然估了 690 分。

“啥？”我当时没反应过来，“这他妈不就是省状元了吗？”

按照这个估分，确实够了。老师们有些不信，拉住曹哥反复核实，每次出了新的评分细则都叫他再来一遍。翻来覆去，就是 690，老师们渐渐相信，这小子要进清华或者北大了。

分数出来，曹哥有一点失望，原来只有 680 多，省状元是拼不到了。但是学校肯定是随便挑，在清华也肯定是好专业，最后他选了清华。

那个夏天我们还一起玩过几次，我问他，最后怎么考那么高。曹哥摇摇头，说其实没啥，就是最后把所有课本都看了一遍，然后对着历年的高考卷子，一份一份做，越做越有谱，老师的进度他都不管，后来，好像觉得不少道理都联通起来，果然高考就成功了。

曹哥很兴奋地告诉我，成绩下来，他父母特别高兴，答应给他买很多东西。我问你最想要什么？他神秘地说了一个型号，告诉我是一款超大屏幕手机。这又让我有点失望，什么鬼，为什么不是仿真枪或者一匹野马？

曹哥又神秘地给我看了他现在的手机屏幕，点开，那是一个手机色情网站，放在他的诺基亚上像素确实低了点。

“那款手机显示屏特别好，”曹哥说，“这样看着才爽嘛。”

四

我大学在成都，和曹哥联系不多。大学前两年，我感到从未有过的自由，十分躁动地折腾了很多地方，打工，NGO活动，穷游，做杂志，偶尔想起曹哥来，想不出他在清华的生活是什么样子。他会成为校园的风云人物吗？他会对学校不满吗？他还会和老师发生冲突吗？以及，那么好的科研条件，他能发明什么奇特的东西，震撼所有人吗？

大二的十一假期，我从成都坐硬座车去了南京，看一个大学室友；又从南京硬座到了天津，找到一位没见过面的朋友；接着我坐了一个午夜的特快车到了北京，早上八点多给曹哥打电话，他接了，正睡得蒙着，我问他能不能借住几晚宿舍，曹哥立刻醒了。

“没问题！赶紧过来！”

我在清华住了三晚，曹哥很忙，他要参加社团活动，要去实验室鼓捣东西，看得出他的精神状态不错。临走前，我们聊天，他严肃地和我讨论人的主观性，他说他发现人的问题都是心理问题，只要把握好心理学，就能获得成功。我很惊讶他的逻辑落点，虽然我对心理学了解不多，但好像没他想的那么神奇。后来我接触了很多理科同学，惊讶地发现每个人都对心理学感兴趣，才想起曹哥的话。当时我觉得这样挺好，是个进取努力的样子，曹哥毕竟是曹哥，他沉下心来研究什么，肯定会有不一样的结果。

之后的一年多我们没什么联系，偶尔在社交媒体上看到他，兴趣从游戏转移到吉他，好像有一阵子还喜欢军事。

大三暑假，我结束了在报社的实习，回家路上又去了趟北京。这次先找了高中最好的朋友光举，他也在清华，我准备住在他那里。晚上我们碰头，我提到曹哥，说见一下，光举抿了抿嘴，说：

“你要有点心理准备，曹哥有一点儿不一样了。”

我笑出声来，曹哥还能怎么样，难道上天不成？于是约了他在清华东路的门口见面。等他到了，我一眼看过去，差点掉了下巴。

曹哥正跨坐在一辆山地车上，单脚拄在地上等我们。他穿着一件黑色的皮夹克，戴着星星形状的眼镜，边框 blingbling 的，头发明显被烫过，也许还用了发胶，总之炸了起来，如果不是他头发本来就稀少，肯定就成蘑菇云了。他骑车走向我们，我听到皮夹克和裤子上叮叮当当的响声，光举耸了耸肩，说：

“我没骗你吧。”

我们三个一起去了五道口附近的烤肉店，在一座老旧的商场最里侧，进去就听到很多韩国留学生在交谈。我们点了烤串和半打啤酒，坐着随便聊。他们两个很快就说起了留学的事情，我才知道光举和他都准备去哥伦比亚大学，曹哥的成绩要差一点，他大一大二太能玩了，绩点不高，而且和高中不同，当他真的想追的时候，发现这里的人比高中厉害太多了，最终成绩也没提升多少。他说他压力大，每天精力太旺盛，只好去游泳一个小时，否则晚上睡不着觉。

这和我无关，我又不出国，于是一直低着头吃串。

没一会儿，我听到两人的话题转移到美国撤军的事情上，曹哥呷了一口酒，说：“美国就是喜欢嘚瑟，装世界警察，这次它没办法了吧。”

我感到血一瞬间就涌上了脑袋，不敢相信这是曹哥在说话。印象中，他从来不关心这么遥远、宏大的命题，我更震惊的是，他——我的精神偶像曹哥，居然用这样轻佻而且肤浅的话在谈论事情。之前积累的失望在一瞬间积聚，他居然为成绩发愁，而且那态度好像觉得这是多么难以跨越的坎，怎么会呢？这是那个自带精神力量的曹哥吗？

我一激动就呛了他几句，这没什么难的，我是新闻专业，而且才从报社实习回来，细节要知道得更多一些。曹哥没想到我会批评他，辩解了几句，只是反复强调美国的自大，光举在桌下拽我的胳膊，冲动劲儿一过去，我也不说什么了。

那晚上我们大概喝了两打啤酒，都有一点晕，饭店离宿舍稍远，于是就打了出租车。曹哥明显醉了，他靠在光举的肩膀上，反复地说自己没好好学习啊，对不起母校，如果没申请上真是太失败了，对不起母校啊，对不起。

我坐在副驾驶的位置，把窗户摇开，看着人流和车流从一米外划过。我的内心麻木极了，好像什么东西崩塌了。晚上我在光举的寝室里辗转反侧，后半夜起来，站在他们宿舍的阳台上发呆。这大概是全中国学生压力最大的校园了吧，我想，所谓的 peer pressure（同辈压力），居然让我的曹哥觉得自己对不起这里。我终于发现我弄混了勇敢和生猛，错把初中的曹哥认为是勇敢的偶像。错了，生猛是未经历过事情时的执拗，勇敢才是战胜懦弱后拥有的自信，曹哥一直专注在自己的世界里，他像是身体生长完备的巨婴，从没有对外界作出过认真的反应。所以，他能够因为自己的脾气揍老师，所以，他才在表白的时候反应异常，他确实是有天赋的，他太聪明了，只要注意力转移到学习上，就足以搞定那些困扰一般人几年的试卷。到了大学，他的个人世界才被迫打开，一下子被迫进入残酷的竞争里，这里是最聪明的人聚集的园地，他们天赋异禀，心智也更加早熟。

曹哥在这里大概很落寞吧。

从那之后我就没再见过曹哥。听光举说他最后还是进了哥大，说实话，这不令人意外。我偶尔从国外的朋友那里听到他的近况，好像是迷恋上了摄影。前几天，我登录了好久没上的 facebook，看到他的主页，他的头像是自己戴着墨镜、穿着黑背心的半身像，没太大变化。我看到他发了寥寥可数的状态，其中一张是一幅画，上面写着：“我们的征途是星辰大海”。

我很想知道曹哥现在迈没迈过酒醉时说的那些心坎，有没有从生猛成熟到勇敢。我太喜欢他了，他毕竟做过那么多我做不到的事情。但我没有给他发消息，只是默默地关了页面。

我不喜欢这种突然出场的方式，太平凡了。也许，我是在期待他有一天出现在新闻里，讲解着某个影响深远的新成果，再次震撼我的世界观，就像他曾经无数次做到的那样。

The Lion

一

我穿过掩护，接到传球，杨梦跟了上来。这里大概在三分线内一步，是我的射程范围。杨梦蛇一样地溜到我右手边，那是我最常突破的方向，他重心如此低，几乎没有突破甩掉他的可能。然而，他嘴角还笑着，眼神一跳一跳，像是无形的手指在弯曲，意思是：小子，有本事你在我脑袋上拿分啊。

我太熟悉这种挑衅了，无数次，我试图突破，都被他死死卡住位置，被断球或者运球失误；投篮，要么在强压下失准，要么被矮我两公分的他高高跃起拦截，一巴掌扇飞。从打球开始，我就没在他身上赢过，无论是单挑还是班级比赛。但今天，这种挑衅又是陌生的，因为这是杨梦被开除一年后终于回到这里，而我长高了七公分，终于在身高上超过了他。这是一场随兴的斗牛，我们看起来漫不经心，但试探着彼此的变化。就在刚才，我反跑，甩开他命中一记投篮，再之前，我甚至从他手里拼下一个篮板球。

“进步可以啊，小子。”杨梦晃动着手腕，随着我的运球滑步横移，“再来。”

我打得兴起，是啊，很难不兴奋。我长高了，投篮更准了，身体也壮实了一些，眼前站着一个一直击败我，又带着我的同龄人，我太想证明自己了。

一个前压，我硬顶着他向右侧突破，“啪！”清脆的一声响，杨梦切掉了我手中的球。我还没反应过来时，他迅速捡起，出了三分线，对我耸耸肩，意思是说“小子，我开始进攻了”。

之后，一个顺步突破，忽然急停，后仰投篮，球进；

一个假动作投篮，左手突破，扬手抛投，球进；

低位要球，背身靠着我，顶了两下，勾手投篮，球进；

…………

每一次，我都竭尽全力地跳起封盖，但最好的结果也只是点到他的手腕。即使矮我两公分，他还是能利用弹跳和力量碾压我，何况他又增加了进攻技术——抛投、勾手。每一学期，他都能为自己的技术库里新增一两项，当我们这群人才学会他之前的手法时，杨梦却掏出新的枪支，“砰砰砰”，又将我们扫射在地。

那天下午我当然败下阵来，然而我却忽然觉得踏实。老实说，我本来也不是个争强好胜的人，但更重要的是我根本没准备去击败杨梦。他被开除一年，这段时间里，我们被隔壁中学踢场，只能绕开他们占着的篮球架打球，学校里男生几百个，没人能站出来，狠狠地踢这些外来浑蛋的屁股。我和杨梦交手之前还暗暗担心，担心他不能击败我，不能轻松地击败我。天哪，如果连我都能和他一较高下，还怎么能指望他带着我们夺回球场呢？

所以输了之后我反而松了口气，太好了，熟悉的他回来了。

杨梦身高不到一米八，鹰钩鼻，戴着黄色镜片的近视镜。他走路时极其好认，吊膀子，一晃一晃的准是。杨梦的身体太强壮了，弹跳又好，不熟的总以为他是成年人，也因为有了他，我们在初中三年级的时候就抢高中生的球场打。此外，杨梦还是第一个捧着花束进校园的男生，也是唯一一个敢在上课时当堂接电话的人（我直到高中才有手机）。他把校服穿成嘻哈服，裤子改得像喇叭裤，就连军训时候休息，他也没有用脚掌着地、屁股下沉的亚洲蹲，而是脚尖点地、膝盖前压的方式……总之，方方面面，他都明显比我们更特立独行，更高级。

当然，最令我们崇敬的还是篮球。那是什么样的氛围呢？姚明进入 NBA，麦迪在中国红得一塌糊涂，我们才开始有了少年的个性还有自尊，打篮球，是一件我会偷偷写下十年规划，要进入NBA的正经事。杨梦就是我们所有人摸得到的，又想要挑战的篮球偶像。

我一直觉得，人有很多隐秘的密码，它们像是动物性情的遗存。比如，渴望有人做自己的首领，像狮群期待雄狮那样，随着人们的生命被文明接管，这种渴望被“独立”“自由”等理论所训诫，让这密码扭曲，变得不再直接。我如此相信这一点，是因为我少年时代就体验过它，我当时真诚地觉得，杨梦就是我们的雄狮，他应该享有最鲜美的食物，享有最多的女人，他应该带领我们和别的狮群厮杀，这是头狮的宿命。

不知道算不算幸运，这种感觉没有维持多久。这次单挑就是崇敬的顶点，此后，我们的头狮在很多完全超出他范围的事情里陷入了挣扎，而我，幸运地陷入成功。

二

杨梦第一次被开除是在初一，当时我们才打篮球不久。

我们学校比较独特，它面向全市的小学四年级学生招生，进来之后读五年级，内部的叫法是“预备班”，因为我们是挂靠在某超级中学下的“外国语学校”，打的招牌就是外语。全市小学的英文水平参差不齐，干脆早招一年，提前培训。当然，价格也要高一些，五年级学费就是同阶段义务教育的十倍。

所以杨梦被开除的时候，我们已经相处接近两年。他充分展示了自己的篮球天才，而且性格桀骜，成绩糟糕，这令年级里的男生非常着迷，也让所有老师挠头。

那时候他就和高我们一级的人打球了，而且丝毫不落下风。他在我隔壁班，赶到一起上体育课，他就会招呼年级几个篮球打得还不错的人，一起和高年级打。每次我都在旁边惴惴地望着，生怕他叫我，又怕他不叫我。我还记得第一次上这种场面，只顾得满场乱跑，唯一一次接传球还失误了，下来时候心怦怦地跳，脸烫得像食堂的烙饼。杨梦拍拍我的肩膀，说慢慢就好了，我用力地点头。

之后，我就利用所有可能的时间去练球，隔几天就找他单挑，虽然输得很惨，却能踏踏实实地感受到自己的进步。我渐渐地也可以抗衡稍弱的高年级学长，偶尔校外的人来打球，猜我是初二或者初三的学生，我都很开心。

一天下午，杨梦突然消失了。第一节课，老师派人去宿舍里叫他，说没看见。第二节课，班主任明显慌了，年级长也出现在走廊里，商量着什么。第三节课，老师们通知了杨梦的家长，开始四散寻人。这太蹊跷了，我们学校是寄宿制，以看守严格著称，从早上六点半跑步，到晚上十点半熄灯，每一段时间都有人查人数，杨梦的突然消失就更令人怀疑。晚上，学生之间流传着他失踪的消息，叽叽喳喳的讨论声让老师更加不安。当天，眼保健操、英语朗读、跑步都不再重要，我们都在猜测杨梦去了哪里。

晚上十点左右，正当扫街的老师们垂头丧气地回来，和家长互相指责时，杨梦自己走回了宿舍。立刻，他就被一群人围住，追问声、咒骂声和欢呼声叽叽喳喳地混成噪声。只有杨梦淡然地摆摆手，好像不明白他们在聊些什么。

那天他被诸多严肃的脸孔训斥了，但是据说他就是没说自己去了哪里。最后，早已筋疲力尽的老师们放他回去睡觉了。第二天，严肃的面孔们又聚在一起讨论了很久，下午，他们宣布杨梦不服从纪律，被开除。

然后，杨梦就真的这样走了，留下手足无措的我们。这下子谁带我们和高年级打对抗呢？谁来教大家单手上篮、急停中投呢？谁还能吸引女生的目光，让我们跟着分享一点呢？更难以接受的是，他为什么不告诉我们那天究竟发生了什么呢？要知道当时可是2003年，没有手机，没有微信，他没有当面留下答案，我们只有在宿舍的床上一遍遍猜测。

我暗暗佩服他死也不开口的劲头，没错，杨梦就该这样，可是哪怕留一条小缝隙也好啊，让我们几个好点的朋友悄悄知道，我们肯定不会说出去的。

那段时间灰色透了，打篮球的朋友太过无聊，我们都闲到拿学习解闷。好在只过了一个学期，就有隔壁班的同学通信儿，说杨梦的家人用了点钱，他又要回来了。

太棒了，我天天期盼着他返回球场，这样就可以展示最新练习的胯下运球，还有基本的交叉步突破。没到一周，他真的回来了，松松垮垮，动不动就耸肩，还是那副屌样子，我们都放心了。

自然，每个人都要问他消失的半天究竟做了什么，他都笑而不谈。终于有一次，我们坐在球场边休息，只有三四个人，我又问了一遍。杨梦笑着看我，反问我：

“你还是处男吧？”

那一瞬间我对自己的少年身份特别痛恨，妈的，杨梦居然问我是不是处男，可恶，我还真是处男。

“哥已经破处了，”杨梦说，扫视了我们一圈，“就在那天下午。”

我们都傻了，这超出了我们的思维边界。本来设想的上网吧、偷东西、打群架忽然显得 low 爆了，“破处”才显得高级啊！

他大概说了下过程，对方是个女网友，两人周末聊好了，约在那天下午见。杨梦到了人家家里，很快就搞了起来，结果那么晚才回学校。

他说完，我心里已经翻起了滔天巨浪，我太嫩，太傻，还以为篮球就是多么重要的事情，结果杨梦已经开辟了新的战场。我在心里把这个秘密藏了很久，居然没有告诉寝室里的哥儿们。我暗暗地为自己打气，你会的，总有一天，你也能像他一样破处，虽然时间上已经赶不过他了。

三

接下来的一年多，我们搬到了挂靠的学校本部，“年级”的概念从不到两百人，扩充到了一千多人。没关系，在杨梦的带领下，我们仍然在球场上横冲直撞，和本部的人几次非正式的交手，我们都赢了。

初三，我身高长到了一米八二，渐渐找到了自己的打球方式。为了绕开杨梦压迫式的防守，我苦练远离篮筐的急停投篮，这样即使有比我矮、比我重心低的人想断球，我也能快速出手。年级里另一位短跑健将也练出了一手突破，每次拿球都能快速启动，杀入篮下得分。每天中午、晚上，我们都在食堂门口的球场斗牛，无论和谁一队，杨梦都赢多负少，他像是标尺一样，衡量着我们的进步，督促我们，更快，更准，更有斗志。渐渐地，我也能在一两个球上获得上风，偶尔赢一局，整个下午都兴奋地在课桌下复原当时的投篮动作，偶尔弄出声响，被讲台上的严肃面孔呵斥。

杨梦更多的精力却花在了女生身上。我记不清那一年多他追求了几个女孩，就我知道的，在学校里的有七八个，校外的完全不清楚。女孩有他们班的，有我们班的，还有本部的，常常上个月还和他一起走出校门的姑娘，下个月已经是他的前任。

初中生谈恋爱都比较遮掩，幻想的戏份大于实际行动。现在看来，那时候男女基本都是自说自话，发个字条：

“终于做了这个决定，别人怎么说我不理”——就算表白。

“可不可以简简单单没有伤害”——就算回复，同意了。

然后呢？仍旧都老老实实地坐在班级里，隔着五米的距离互相凝视，这就是80%的恋爱活动。没钱，没自由，没有未来，两颗类人猿一样的头脑在空气中架起天线，捕捉若有若无的荷尔蒙，that's all。

杨梦不一样。他几乎没有幻想的份儿，都是直接上。他买过一束玫瑰，从校门口大摇大摆地带进来，闯进教室，送到女孩桌上；他为了一个女孩，把一拨来挑事儿的混混头壁咚在墙角；他因为一个前任要分手，逃了一晚上寝，蹲在女孩宿舍窗户下面一晚上……

我怀疑他脑子里就没有“少年幻想”的这种东西，当然，他这些手段八成也是从电视剧里学的，只不过他学了具体行为，情思部分则全部留给女生完成。可以想见，女孩们对此有多么震惊，一部分（被他表白的）相当受用，另一部分（旁观的）则很鄙视，觉得就是个渣男嘛。

女孩有时候也送礼物给他，我记得有一位织了红色的毛衣给他，鬼知道一周回一次家的她从哪里找到的时间，隐瞒过了家长、老师、室友。杨梦把毛衣给我们看，像是战利品一样在我们面前晃了一晃，那种得意真的相当单纯：

“哥的女人给哥织了毛衣，你们没有女人，你们也没有毛衣，所以哥很高兴。”我始终觉得，那些女孩其实不知道他想要的是什么，她们到现在也不会明白。

没想到，初三的时候杨梦又被开除了，这次还是因为女生。

具体的原因我都是听隔壁班同学说的，杂七杂八，添油加醋，总之，是因为杨梦把垃圾桶扣在了一个女孩头上，女孩当场就崩溃了。

旁边的人回忆说，女孩当时是在开他玩笑，很平常的那种打趣。但是后来某一句揶揄惹恼了他，杨梦上前撂了一句狠话，大概是让女生闭嘴。结果惹怒了女生，更多的挖苦抖了出来，都和“渣男”有关。杨梦没再还嘴，只是直勾勾地盯住她。女生停下的一瞬间，他忽然抄起旁边的垃圾桶，从上到下，扣在了女孩的头上。

注意，那是垃圾桶，会让垃圾车直接拉走的那种街边大桶，不是垃圾篓、垃圾筐。杨梦力气太大了，火气也足得吓人，垃圾桶从女生的头上直接扣进去，半个身体浸在桶内，汁水四溢。旁边的人都愣了，几秒钟后才有人推开杨梦，赶紧把女生从桶里挖了出来。女孩已经看不出来是哭还是笑，头上、脸上、身上，全都是同学们随手废弃的垃圾。杨梦一句话没说，就在旁边站着。

我想，那个女生不会知道为什么杨梦如此动气，我只是隐约觉得，其实这和他对女生的追求一样，都和她们无关，就如同他打篮球，从来和我们无关那样。

四

这次的开除时间要更久一些，中途，杨梦回来过两次，大家也切磋过球技。他不在，我们在学校的地位下降惨了，再也无法大白天地抢高年级的篮球场，还差点被低年级欺负了。

初四那年，杨梦终于转了回来。这次听说他做了不少保证，当然，也听说他家人找了些门路。那一年他比较老实，除了上课接电话，当众顶撞老师，没再做什么出格的事儿。

名义上，“外国语学校”只有初中，所有学生都要参加中考，自由选择去哪里读书。实际上没得选，所有人的学籍都被校长扣在手里，连中考报志愿都没有通知学生。她在教育局内关系极广，一个夏天软硬兼施，将所有人留在了超级中学本部。我和杨梦又开始做同学了，但成绩原因，我在文科重点班，他在理科平行班。

高中的第一场篮球赛，我就发现杨梦有些不对劲儿。那是场奇数班级联队和偶数班级联队的比赛，在高中部的体育馆进行，老师组织了几乎全部同学在看台上观看。我和杨梦都属于偶数班，当时还有几个好手在，按之前的实力我们赢定了。结果上了场，杨梦的动作却异常僵硬，好几次出球失误，队友没料到主攻这么失常，都有点慌。我也很惊讶，但是比分已经渐渐拉开，于是自己要球单打。那天我第一次出手比他还多，只是外线的跳投命中率毕竟不稳定，而且开头落后得多，最后输了不到十分。

下来之后我径直找到他，疑惑地盯着他看。杨梦依旧屌屌地耸肩，没说什么。

后来他失常的次数更多了，我发现他的投篮动作变了，身体也更加佝偻，但是力量巨大无比，明显是健身不当，协调性失衡。他当然还是出手，紧逼，认真打球还是能赢我，可是赢得不再令我信服，我仿佛能摸到战胜他的边沿。

高中的比赛远比初中重要，厉害的角色都是全校的明星。明星们的舞台在一食堂门口，那里被称作第一篮球场。每天晚上，高中最强的人自然而然地在那里组队，斗牛，像是表演赛一样。我们初中时候经常来这里围观，每每为学长们的球技惊叹时，都在心里默默地想，等到了高中，这块场地一定要属于我们。

高二的时候，我们确实进到了场地里，杨梦、我，还有短跑健将，和高三的人混在一起打球。然而，杨梦变形的动作第一次开始拖累我们。他仍然能够在高自己半头的人的脑袋上抢下篮板，还可扛住全校身体最壮的球员的进攻，但他不能再现那些神奇的命中投篮。有一个回合，杨梦持球突破，过了一个防守好手，在篮下的时候突然传球，队友接球命中。

光看文字，你也许会觉得这是个好球，但是现场一大半人居然笑了起来。是的，他们是在嘲笑刚刚传出好球的杨梦，因为他出球的一瞬间，身体像老头一样弓起来，球从大腿位置传出，活像是小时候玩的弹弓。杨梦自己好像没意识到别人为什么在笑，也跟着笑起来。那一刻我觉得丢脸极了。

杨梦并不在乎这些，他还是有说有笑地打着球，然后屌屌地在校园里晃着膀子走。他交了新的女朋友，是我们老同学圈子外的人，偶尔那个姑娘站在场边看球，久了，我们都混熟了脸。

后来杨梦又惹了祸，最后学校下处分，只是这次离开学校的并不是他，而是他的女朋友。

五

起因很简单：杨梦和女友打炮的流言传到了班主任耳朵里，班主任自然告诉了双方家长。

女生家长愤怒异常，他们不能接受清纯的姑娘，居然在学校里和同学滚床单，而且是这么个差劲儿的学生。他们怒吼吼地来找杨梦，双方家长见了一次，又叫了杨梦一次，反正聊了很多，女孩最终从住宿变成了走读。为了看着她，她父母专门在学校旁租了房子，轮班照顾。

杨梦无所谓，他还是照旧打球，开玩笑，吊儿郎当，假模假式地学习着。有那么一阵子，女孩不再公开地在场边看球了。我是觉得无所谓，这么丑的协调性不看也罢。高二的时候，我的成绩从六百多分掉到了四百多，但投篮更准了，我在第一球场更加自信了。有一次比赛，我连着在同一位置投中五个急停中投，篮筐仿佛像海洋一样广阔，最后高三的人专门过来全场盯防，上肘，上腿，这是最高级的防守待遇。我不再执迷于和杨梦单挑，不重要了，我找到了另外的更光鲜的证明方式，那是我高中最快乐的时候。

再后来，我忽然听说杨梦的女朋友转学到了河北。这吓了我一跳，因为河北是高考重灾区，人多，高校少，历年来只听说他们的人来黑龙江高考移民，谁闲得没事儿去那儿挑战自己？杨梦那阵子也有点低落，虽然很快就好了。我满腹疑惑，和知情的人打听。大概过了一个月，终于拼全了事实。

原来，女孩不来看球，不和杨梦交往都是装的，为了迷惑她的家长。实际上，每天晚上她都偷偷地出去和杨梦约会，少不了温存一番。这种浪漫的小把戏没维持多久，家长发现了，震怒，立刻升级了对女孩的限制力度。每天中午和晚上都反锁住门，像监狱一样严格把控。女孩大吵大闹，没有效果，大概有那么一周，她再也没有和杨梦单独接触。结果一周后，她忽然在午休时跳窗而出，一瘸一拐地找到杨梦家里，据传说是两人狠狠地打了一炮，一个小时后，她的家长见到衣装不整的她崩溃了，他们意识到，再也管不住眼前这个倔得像驴一样的小丫头了，于是找了关系转学到河北老家，不管了。

这件事情有很多地方我有些怀疑，但是人们逐渐都相信了这一版本。它就像是直男少年们头脑里的罗密欧与朱丽叶、梁山伯与祝英台，它太传奇，太色情，太暴力，让我们这些处男心向往之。

我从没和杨梦核实过，他也没再多提起。很快，他就找了新的女朋友，像往事从未发生。

六

高三，我打球就少了很多，体育课取消，文化课增多，连周末都要在学校补习。我落下的功课实在太多，自己也找各种时间补做高一高二的习题，连吃饭都是扒拉一口，赶紧回去看书。路过第一球场，很少上去，也不再围观，我知道杨梦他们还在打球，这已经不再能吸引我。

那一年飞快地过去，我摸到了自己的天花板，原来我再努力，也无法超过那些不打篮球、不运动、除了课本什么也不读的好学生。高考结果出来，我幸运地考到了六百多一点，文科里算是不错的，但还是被曾经最好的朋友拉开了。

杨梦呢？我一直都没怎么关注。直到发榜的时候，我才看到他去了省内的一所工科学院，他的成绩实在太差，高考的结果对他算是不错的，至少上了本科。

那之后我们一直没有联系，大学时候，我虽然在院篮球队，但是高三让我胖了二十多斤，加上在学院里男生少，硬把我这个后卫当作了中锋，要在篮下和更高个子的人肉搏，我就不太愿意打球了。

有一次假期回家，我终于又找了老朋友打球，回到了熟悉的位置，发挥一般，但还算高兴。休息时候，我突然想起杨梦，就问朋友他怎么样了。没人说得清楚，都是断断续续的消息，好像参加了肯德基篮球赛，好像拿了个名次，好像依旧吊儿郎当。我听了一会儿，觉得没什么令人惊讶的，也没追问。

再后来毕业工作，我时间宽裕，又把体重减了下来，平时不忙的时候总和同事打球，渐渐地恢复了手感。中投的感觉回来了，又能上蹿下跳，满场飞奔。有一天，我们和知乎篮球队打比赛，我全场运球，借挡拆过了一个人，立刻跳投，唰，球进了，我突然就想起了杨梦。这是我曾经面对他的时候，唯一有信心的招数。

为了练这手，我无数次早起，在结了露的篮球场一个人投到天亮。我还想起那时候满脑子想的都是打败他，同时暗暗地崇敬他，我记得有一次单挑输给他后，杨梦还写了个字条，下课时转给我，上面写着：

“打篮球最重要的是节奏，不是速度。要像跳舞一样对待你的脚步。”

突然，我才明白这种敬畏又崇敬的心情已经消失很久了。什么时候？因为什么？我却怎么也不能判断。他曾经是我们一群人当中的领头羊啊，他曾经是我们的雄狮，我完全相信，如果生在几百年前，放在一个单纯的丛林环境里，无论是凭借体格还是性格，他都会脱颖而出。可是现在，我们被一种更强大的力量分割开来，它搅乱了我们自己形成的秩序，让曾经的弱者能占上风，让那原本强壮的雄狮落入低层。

后来我知道，他在上海工作，当然，薪水微薄，做些简单的销售。他曾经的女友们有一半都在国外，那个曾经被他扣过垃圾桶的女生，本科时就去了美国一所名校读书，现在工作，每天都和制服妥帖的人谈笑风生。曾经的外国语学校的同学，不少露出了原本殷实的家底，移民，接管家里的生意，每次自拍都非常高端，和过去判若两人。连我，也幸运地第一份工作就在一家互联网创业公司，拿过一阵子令家里人匪夷所思的薪水。

杨梦呢？他仍然使用QQ空间，签名是“如果·爱”。他还玩着十年前就过时的“点名”游戏，吊儿郎当地回答问题。篮球对我们再也不是一件严肃的事情，他也不再是那头雄狮。

当天我们顺利赢了知乎队，结束时已经晚上十点。我突然想到，如果杨梦站在这里，他是否会发挥得更好呢？东西还没收拾完，灯光就熄灭了。我们收拾好东西，快步离开奥森公园。前方是一片黑暗，黑暗的四周是无尽的亮光。

猪饲料之夜

一

我大学的第一堂课是在宿舍的顶楼完成的。站在我面前的是两位同省的学长，一高一矮，而我旁边，是同省的新生阿孔。之前，我和阿孔先拜访了高个儿，他带着我们到了顶楼，然后去请矮学长。矮学长一身褐色的休闲装，上来就坐在台阶上，我们三个身高一米八以上的人环伺而立，必须弯些腰才听得清他说话。

“大学呢，只有几条路，”矮学长抬头看了一眼我俩，“学术、仕途、赚钱，三选其一。我呢，和你们杨学长在学院团委有优势，而且再往上，也有一个东北学长保着，想走仕途可以跟着我俩。”

旁边的高个学长点点头。怪不得，我心里想，上楼的时候他就说东北人在学院历年强势，原来是一直有人罩着。

“学术呢，可以去找韩学姐，她是学术大牛，保研或者考研、出国，都可以咨询她。当然，仕途走上去也有保研机会，看你们怎么选择了。”

我还没什么反应，阿孔已经抱起胳膊，做起沉思状。我心里叹口气，这个家伙就是这样，第一天到宿舍，只有他和所有人都握手，而且坚持和每个人都说句俏皮话，昨晚我俩在校外闲逛，他在成人用品商店门口也摆出了这副沉思姿势，弄得我只好停住等他。三十秒后，他问我要不要进去看一眼，我正想严词拒绝，他又拍了拍我的肩膀：“开玩笑啦！”说罢努力笑了起来。

他当然想去学生会，就像他真的想去成人用品店一样。阿孔如同新入了成人世界的类人猿，好奇地这里摸摸，那里碰碰，而且竭力掩饰自己的稚嫩，模仿他认为成熟的姿势，说笑、握手、沉思，即使早已经做了决定。其实昨晚他就跟我说过想参加学生组织，眼前这个机会最适合不过。

“学长，我选仕途的路，我想进学生会。”阿孔依然抱着胳膊。

“那你就不要进学生会，”矮个儿说，“进团委。”

我和阿孔都很惊愕，团委是啥？不是说大学里都要进学生会吗？

“学生会只是看起来光鲜，权力毕竟有限。”站着的高个学长向我们笑着解释，“即使人多，它也和宣传部、组织部一样，是团委领导下的一级部门。很多新人都被学生会下设的外联部、文艺部吸引，以为能够去拉赞助、组织活动，就能锻炼自己。但这都是学生会下的二级部门了，和权力核心团委完全不在一个等级上。”

阿孔若有所思地点点头。

“所以啊，一开始就要选对部门，我建议你就去团委组织部，这是所有部门中最核心的一个，努力干，而且别分心，你就能没问题，我们俩都会帮助你。至于什么班长、团支书就没必要争，麻烦，又没什么好处。”

阿孔又点了点头。忽然，矮个学长发话了。

“不对，”他说，“要当团支书。”

高个儿有点诧异，他眉毛皱起，像是一个无形的反问号。

“听我的，光靠我们不够，你自己也要和辅导员打好关系。”矮个子坐的地方正好是阴影，我一恍惚，以为穿越到了无间道现场，

“没有比团支书和她接触更多的了。”

高个子也反应了过来，称赞他说得对。阿孔这下子更加信服，他站得离二人更近，急切地想请教做法。矮个子忽然一摆手，指向我，问：“这位学弟呢？”

我一怔，脑子里没有任何答案。不过高个子接话，帮我解了围。

“他呀，是韩学姐的嫡系师弟。韩说他入学成绩很好，应该走学术路吧？”

我没答话，但是三个人都像是心照不宣一样，将此默认为我的答案。他们似乎猜对了，几天之后，我通过了学校创新学院的考试，成了有部分研究生待遇的特权学生。那时候我碰到矮个子，他还拍了拍我的肩膀，说学术路线走得不错嘛。但之后我就成了创新学院有史以来最差劲儿的学生之一。四年里，我挂了两科必修，十二门选修，平均绩点不到 2.7，唯一得过的二等奖学金，是统计成绩的哥们 Excel 水平太菜，将上一名的分数下拉，复制到了我这一栏。

但当时他们已经找到了对我的设想，于是不再费心，开始规划阿孔的仕途路线。我在旁边无聊地琢磨怎么进篮球队，隐约听到“组织部”“迎新晚会”，后来自己下了楼，他们也只象征性地招呼了一句。

那时候我还不知道，这将是大学时期我上过的最有含金量的课之一，它击败了百分之九十九的长江学者、教授、讲师，揭示了关于大学的诸多真理。

二

正式开学前，学生组织的招新都结束了。我的室友们差不多都参加了一两个部门，重庆的毛哥进了学生会的外联部，他是足球特长生，那里正好发挥他的社交能力，出校门谈判，给学生活动拉赞助；另一位室友李斯 Photoshop 用得极好，他给很多活动做过海报，也如愿到了设计部门；阿孔则顺利地进了院团委组织部，并且当上了代理团支书，才一周，我就见他出去喝了三次酒，踉踉跄跄地回来。

我？我什么都没参加。进了创新学院，我的学籍就调离了，只有参与学校的社团。当时只报名了学校青年志愿者协会，结果考试的时候没有通过。我看着室友们不断出去聚会，隔一天，就有学长学姐问候，心里烦躁，只好去图书馆坐着。

阿孔倒是每天都和我聊天，他陪着矮学长见了多数部门的领导，也陪着他去见了研究生老乡，自然是要喝酒。第一天住宿舍聚餐，我们就发现阿孔不胜酒力，一杯啤酒就晕，然而他顶着东北人的身份，经不起别人揶揄，最后都是我搀着他在校园里醒酒。

重庆的毛哥是宿舍里最风风火火的人，他跟着学长学姐，清一色的校外活动，动辄谈论一两万的赞助项目。毛哥个子不高，最大的特点就是毛多。我偶尔见他，都是在匆匆赶场的路上，重庆人讲话容易冲动，爆破音又多，我总担心他一口唾沫星子没收拢，挂在胡子上一颤一颤，再反弹到我身上。

有一次，毛哥踩着风火轮从我旁边经过，我唤他，问他这么急，又忙什么。他折回来说了一句“迎新晚会呀”，就要走。我又拽过他。

“什么迎新晚会？”

“哎呀，就是为了新生开的晚会，这是这学期最大的活动，现在所有部门都忙这个事儿。”

哦？我想到阿孔和李斯，他们应该也参与。毛哥作势要走，我又拦住。

“那你做什么啊？”我问。

“拉赞助！”他有些急了，“没赞助哪来钱，没钱拿啥办晚会，没钱你连场地都租不起！学院还是很看重能力的，前几年拉到赞助的，都成了部长副部长，现在这个头儿就是去年拉了一万块钱嘛。”

一万块不少了啊，我心里琢磨。

“行，不说了，我再不走就要迟到了。妈的本来和部长约好，去市里找几家大公司谈谈。等了一个小时，最后说来不了。好，真的不说了，晚上回去聊啊！”

我一个人吃了午饭，往宿舍走。才进门，就看到阿孔和另一位班干部站在李斯旁边，劝着什么。一听，果然是迎新晚会的事儿。

“按指标，咱们新闻班得出两个节目，你看，男生里就你最有才，鼓捣两个上去吧。”

“我会什么呀？”李斯说话极慢，“就做个海报嘛。”

“哪里，你还参加涂鸦社，还会剪音频……你懂的最多了！”

李斯扭捏起来。他扭捏的速度就和他说话那么慢，阿孔明白这就是同意了。我回到自己的座位上，收拾书包，准备去看书，就听着李斯提了“雷人舞”的点子，兴奋地给他们讲解。我再回头，发现阿孔又捧起了胳膊，李斯却盯着我看。

“李斯想了个点子，很棒。”阿孔说，“就是把各种舞蹈混剪，最后用广播操的队形跳出来。”

“不错啊。”我说。

“但是我们缺人，你也知道，男生少。”李斯说。

我心里一万只羊驼奔腾而过。不会吧？我正处在体重的巅峰，接近 190 斤，能跳哪门子的舞蹈？

“就缺你这样的！”李斯一拍大腿，“镇场子嘛！”

我知道我可以拒绝他们，毕竟人事上我们并不属同一学院。可是被阿孔和他热切地注视着，而且我明白他们对迎新晚会的重视。何况……我真的没有事情做，就答应了。

于是我就开始忙碌起来，第一次在大学里感到了集体氛围。李斯搜集动作，剪辑音频，编舞，我和另外一个男生、四个女生跟着他学，当然，无论是印度舞、大秧歌还是街舞，都是简单的两个八拍，做做模样，主要达到混搭的效果。毛哥还是踩着风火轮进出，不过他的表情越来越严肃，好像是和几家公司谈了都没效果。阿孔依旧捧着胳膊，在寝室里踱步，偶尔在学院活动室见到他，却是陪着高年级的部长们，用力地应和。

没关系，他用这样的方式打好交道，喝酒就少了。我每天看着李斯研究舞蹈，做音效，设计服装，晚上和四个年轻姑娘在昏暗的路灯下跳舞、打闹，有那么几次深夜，我们一起说说笑笑，从青春广场经过，我真诚地觉得上大学就该这样子，上大学真好。

三

一天下午，李斯忽然叫我们在艺术学院集合。这不合常理，我们一般只在晚上联系。七个人到齐，李斯慌慌张张地宣布：明天下午学院里要彩排。

“哦，”一个女生回答，“那就彩嘛。你慌什么？”

“据说辅导员会亲自审！”李斯努力在加快语速，“要刷节目下去嘛！”

一听这个，几个人严肃了不少，商量该怎么办。于是集体翘掉了一节选修课，到艺术学院的空地排练，没想到平时空旷的地方此刻异常热闹，一看，好多是学院同学。有诗朗诵、唱歌、民族舞，还有古筝独奏。我认出诗朗诵的一个人，是隔壁中文寝室的张同，他也是晚会的主持人。他在念一首现代诗，第一句话就是：

“啊！祖国，我想对你说……”

这种玩意儿我用胳膊肘都能想出来下句，难为他还要声情并茂，涕泗横流。唱歌的也许是学长学姐，围了好几个人在看，李斯告诉我，这是“校园青年歌手”前十的人，院内明星。另外的跳舞的好像也是明星学长，跳的是街舞，Popping 风格，像机器人一样。

看了一圈，我简直失望得想挖个地道回高中算了。什么啊，套路老得和中学元旦晚会一样，比较之下，李斯的混搭编舞居然是唯一像青年文化的。我们最后在角落里练了两个小时，印度舞部分还没有熟悉，队形的变化也不顺利。回寝室的路上，李斯忧心忡忡，我却信心十足，安慰他，其他人的节目都老气横秋的，只有我们的编舞，还有隔壁寝室的无厘头舞台剧好些，肯定会闪耀全场。他不置可否，自顾自念叨。

彩排是在学院活动室，晚上八点钟左右，我们进场。屋里摆了一排课桌，正中间坐着年级辅导员，她同时是学院团委书记。两边依次坐着大二的部长、主任们，我看到矮学长紧挨着辅导员坐着，显示出学生会副书记的地位，目光相对，他向我点了点头。所有的大一新生都在屋里站着，阿孔捧着手，站在矮学长身后，似乎很紧张，我对他眏眼睛，他愣神地望着我，一秒钟后才想起来应该笑一笑。

前一个彩排的诗朗诵还没结束，我们围着看了会儿。辅导员面前摆了很多零食，她眯起眼睛听着，偶尔点头。结束了，她表扬了朗诵者的功底，所有的学生干部都和颜悦色，鼓励张同他们。看得出来，节目保过了。

我们一上场，才被通知没有音响设备，李斯捏着手里的U盘，差点叫出声。交涉后，他只好同意没配音，自己打拍子。辅导员没理会现场的变化，扭头和矮学长说笑，矮学长和阿孔都仔细听着，适时地笑出来。

开始了，李斯嘴里喊着拍子。辅导员根本没有转头，一排桌子的注意力都在她身上。

第二个八拍，李斯的声音已经弱了，没有音乐，没有灯光，七个人就像白天在广场上跳 Disco 的醉鬼。

第三个八拍，本来应该换的队形出了错，只好打断重来。辅导员还是没有转头，桌子右侧的文艺部长已经用手指敲点桌子了。

正准备开始下半节时，文艺部长叫停了我们。李斯的动作僵在半空，我离他两米，都听得到他心脏沉到地板上的“扑通”声。

“什么乱七八糟的这是。”文艺部长用手指点着桌子，“还有半个月就上台了，你们怎么基本的样子都没有？”

“不好意思，实在有点复杂，还没有练好。而且，没有音响，太……”

“这都不是理由。”文艺部长打断道，“再不行，就把你们刷掉！”

这时候，辅导员忽然转了过来，她好像对文艺部长生气的态度更感兴趣。部长也觉察到了辅导员的目光，更是连挑了几个毛病出来。李斯仍然强调着编舞的复杂、音响的重要，他拖延的说话节奏带乱了部长的话，部长赶紧点了点桌子。

“这样，”她有些不耐烦，“选最熟练的部分，你们再跳一次。”

说完，她又看了看桌子后面的人，辅导员又转去说笑了，算是默许。

李斯招呼我们再来一遍，我一动没动，死死盯着前排的领导们。我受够了，一次欢迎新生的party，非要搞成对他们的汇报演出，没有音响的生硬表演，只是给这些人挑错误娱乐。几个部长似乎看到我不太对劲儿，阿孔赶紧给我使眼色，我不禁笑出声来，太逗了，我压根学籍都不在你们院，是所有人里面最不在乎你们的一个，还好意思对我吆五喝六的？于是我拎起衣服，摔门而出，吓了楼下候场的歌舞演员一跳。

我一口气走到了商业街附近，脑海里还在回想被当众羞辱的场景，隐隐约约地，身后传来李斯的呼喊声。

没一会儿，他拉住我，我刚想向他说些愤怒的话，忽然看到他喘着气，累得要蹲在地上。

四

节目最后仍然是过了。原因嘛，另外的几个节目更差劲儿，只好将我们当作充数的备选。

彩排结束那天，我们在排练的地方开了个会，气消了之后，我意识到李斯和其他人还是很在乎上台机会的。我自然承诺继续配合练习，但要求再也不去彩排，李斯也答应了。他应付了之后所有的琐碎事儿，有几天晚上，他一个人坐在寝室阳台上，听《金刚经》和《大悲咒》，半个小时不说一句话。

之后的一个月里，我也只在小剧场的彩排出现，毕竟是唯一一次适应场地的机会。文艺部长当然也在，和一群干部坐在第一排。结束后，她找到李斯，吊着脸批评了一顿。其中一句恶毒的批评我到现在还没忘记：

“老太太的裹脚布，又臭又长。”

我发誓，如果她是在我面前说这样的话，我保证她第二天办休学申请。

然而，我们还不是心情最糟糕的人，毛哥才是。距晚会时间越近，他嘴里的脏话就越多，惯用的拉赞助方式这次都没了效果，只好去市区里扫街。毛哥和无数的小店主费口舌，解释为什么要冠名一个毫无关系的学院晚会，吃了很多闭门羹。他更不满的是自己的同事，基本不怎么干活，留了他一个人跑腿，还明着暗着打探下届部长的人选。寝室待了不到一个月，我就学会了大部分的重庆脏话。

晚会前一周，毛哥回到寝室，但没说一句话。我很奇怪，因为听说今天才拉到赞助，可以报销费用了，各节目都欢天喜地地找服装，毛哥应该很自得才对。

“你怎么不高兴啊，不是拉到赞助了吗？”我问。

毛哥欲言又止，在我的书桌旁坐下，看了看我，又看了看处理音频的李斯。

“你知道最后谁赞助我们了吗？”他问。

我还没来得及回答，他自己回答了：

“七度空间啊！”

“那是啥？”我问。

“七度空间？！”李斯从电脑前抬起头，“那不是卫生巾牌子吗？苏菲、ABC、七度空间……”

我这才明白毛哥为什么颓丧，脑补了一下横幅的模样：“七度空间卫生巾杯 ×× 学院迎新晚会”……这不让别的学院笑掉大牙吗？！

“没办法呀，”毛哥又摸着他的腿毛，“只有这家了。一万块，可是晚会的预算是一万五，我还得去拉点别的小赞助。”

七度空间的事儿很快传开了，演员们的情绪虽受了点影响，但有了服装，也就不再抱怨了。只是主持人张同不太开心，按照约定，他要在现场口播五次赞助商的名字，对他来说，无疑是五次暴击。

李斯仍然带着我们排练，每段舞蹈合起来之后，还加上了从排舞到街舞再到交际舞的队形变化，配上节奏诡异的音乐，效果越来越好。别的学院也陆续开始了晚会，最有钱的拉来了十几万的赞助，直接在青春广场搭临时舞台，还请了成都的音乐电台合作，毛哥提起他们就牙根痒痒。大多数的学院还是和我们一样，租了艺术学院的小剧场，简单布置。

演出是晚上开始，当天下午我们就进了场，最后核对一遍。我正穿着借来的衬衫、夹克、西裤照镜子，毛哥闯了进来，身后跟了一群杀马特。我一惊，他却指挥着发型高耸的酷哥靓女们入座，拎出箱子，原来是专业的化妆师。我向他道喜，毛哥却搭上我的肩膀：

“帮哥们个忙。”毛哥边说边拉着我向外走，“哎你不忙吧？”

“不忙。”其实我还在排练啊，但都拽到门口了，还能说什么。

“走，跟我去发传单！”

说罢，他拍了拍书包，沉闷的声音响起，我就知道里面装的是什么了。

于是我们花了两个小时在校园的主路路口发传单，传单上印的正是给我们化妆的那家的广告。毛哥后来说，这是他扫街谈到的赞助，人家给了晚会五千块赞助，还免费帮演员化妆，交换条件是当天在校园宣传，并且主持人口播两次店名。然而在广场上设摊位需要向保卫处申请，时间明显不够，毛哥当机立断，先答应着，把赞助拿到，等到今天，再把摊位摆在小剧院门口，装作是给演员化妆的亭子。

发廊的人没来过学校，分不清哪里才是校园中心，但看着剧场内外人头攒动，也很满意。这时候毛哥才拉着我们几个室友，在长桥上拉成横队，给路过的人挨个发传单，保卫处反应过来的时候，我们已经发完，回到更衣室了。

“手腕可以啊，下届部长已经揣在裤兜里了吧？”回剧院的路上，我打趣毛哥。

“别逗了。”他轻轻推搡了一把，但掩盖不住脸上的红光，“好好排练，晚上我在后面看你表演啊！”

“当然！”

正说着，我看到阿孔陪着矮学长、辅导员走了过来。阿孔依然表情严肃地袖着手，发现我们后，他唰地笑了一下。

五

艺术学院小剧场能坐500人，演出当天几乎没有空座。我们的混搭舞蹈被排在第七个出场，按照主持人张同的通知，是在第二次口播“七度空间”之后。

第一次“七度空间”口播之前，观众非常安静，只有礼貌性的鼓掌声。尤其是第三个节目诗朗诵：

“啊，祖国！我想对你说……”

全场鸦雀无声，只有最前排的学生干部兴奋着，在帮辅导员一起鼓掌。

第一次“七度空间”播完，现场出现了第一次高潮，原来是学院院长来了。他五十多岁，每年的迎新晚会都要出场，用二胡拉一首“塞外情思”。辅导员立刻跑到了台上，笑容直堆到了后脑勺，向同学兴奋地介绍院长，然后鼓动院长拉一曲。院长半推半就，台下的学生干部也领着起哄，院长就势接过二胡。

我就在后台，看得尴尬症都要犯了。院长太喜欢被人簇拥了，前几天，我去听了他的讲座，好多人鼓动他“讲两句”后，院长好像不情愿地接过话筒，和蔼可亲地问道：

“同学们，猜猜老师是哪里人啊？”

“湖南！湖南！”好多人在下面喊道。没错，这就是他的老家。

“河南？江西？”院长似乎间歇性耳聋，听不到一致的呼声，“还是四川？”

“湖南！湖南！”底下的同学嗓子都要喊破了。

“不对啦，老师是湖南人，哈哈。”

说完，底下的同学都沉默了，院长这才开始自己的演讲。据上两届的师兄说，这种问答每年都会来一次，他乐此不疲。

今晚的曲子也是一样，不知道院长到底演奏了几百次。总之，在辅导员和干部们红光满面的注视下，院长羞赧地走下了舞台。

第二次“七度空间”播报后，观众们都疲惫了。他们看了莫名其妙的民族舞蹈，听了假唱的歌曲表演，又被带着为院长欢呼了五分钟。等到张同说出我们的名字时，他们大概已没什么期待。

结果，那却是当晚最疯狂的一次表演。

我们直到上台前一个小时还在修改细节，正好有一位朋友戴了墨镜，李斯决定，在我做箭头的队形里，一转身的瞬间就戴上它。在舞台上，这被证明是当天最亮点的举动之一。李斯做的配乐也非常新颖，节奏奇快，断点奇特，五年后的今天，我才从B站里看到类似的作品——鬼畜。总之，当我们七个人用广播操的拍子，串起来七八种风格的舞蹈动作（甚至来了一次千手观音！），现场的房顶都要掀开了。表演的时候，我余光扫过台下，一小半的人站了起来，跟着拍子叫好。等到我戴上墨镜，暗色的镜框里，是被节奏照亮的年轻人们，连后台的演员也被呼声吸引到了幕布后，那瞬间感觉棒极了，我猜，这就是为什么摇滚明星都喜欢表演吧。

唯一保持沉默的人，全部坐在第一排。文艺部长尤其难堪，我做最后的定格动作时目光正好看到她，怎么形容呢？就像是你高考抄错了卷子，放榜时候欲哭无泪的表情。这让我心里爽极了。

撤回台后，所有演员都涌向我们祝贺，李斯举着双手，对每一个人说谢谢。他累坏了，终于卸下了重担。没一会儿，在楼上导播室做协调的学长跑下来，上来就给了他一拳。

“操，太他妈牛 × 了！”他嚷着说，“这是我在这儿听过的最闹的欢呼声！”

接下来的夜晚再没有这么爆炸的节目。十点钟，一切结束，我又陪着毛哥收拾了赞助商的摊子，他的心情也不错，还对我的舞姿指点了一番。所有参与者都在剧场善后，我也看到了阿孔，他背着手在现场走来走去，我明白，今晚的荣耀和他无关，他一直都在处理部长们的视察行程，不知道他得到了想要的认可没。

六

迎新晚会结束没多久，考试月就到了，所有学生活动都停止了。下学期开始后，很快各部门就都要换届，所以，谁都以为迎新晚会的表现是最重要的一项。那几天流言蜚语很多，毛哥和李斯都有些紧张，阿孔说话都很谨慎，我看到他去天台的次数更多了。

三四轮内部考核之后，换届的公示出来了。毛哥和李斯都落选，连个副部长都没当上。尤其是毛哥，他本来是拉到赞助最多的人，结果还不如只拉了几百块钱的。此后，毛哥把所有精力都花在了院足球队上，大三时候，他带着历来羸弱的球队第一次打进四强，创造了历史。李斯则仍然义务帮着做海报，他还为学校级别的设计部门做事，吸取了学院的教训，在那里竞选上了副部长，每天忙忙碌碌，修改着海量的海报。

最令我惊讶的是阿孔，他意外地落选了团委副书记——矮学长的职位。要知道，这是五年来第一次团副的位置没在东北人手里。阿孔谈不上愤怒，只是惊讶，他不断地揣摩，打探，终于说服自己，是辅导员觉得东北学生气势太大，要打压一下，才让他落选。

不过阿孔还是得到了团委秘书长的职位，这是内部第二有话语权的位子。此后的一年，阿孔成了学院历史上最有实力的秘书长，团副的同学反而插不上手。

那一年，我们第一次变成了学长，开始指挥下一届的迎新晚会。阿孔全力带着一个同省的学弟，看得出来，他一定也见过了矮学长，说不定还是在那个天台。这届晚会的赞助更难拉了，最后毛哥幸灾乐祸地告诉我，只有一家猪饲料的老总肯接待外联部的人，投了一万多块钱。我真是替张同感到庆幸，原来，口播“七度空间”并不算什么暴击，想一想，光鲜亮丽的主持人，在全场的注目下说五次“猪饲料之夜”，再热闹的节目也变了味道。何况，他们并没有像李斯那样的爆炸性舞蹈。

等到下一届的换届选举，阿孔带的学弟又重新夺回了团委副书记，他兴奋地请了阿孔还有矮学长吃饭。有一次我在校园里散步，正撞上他打着电话，快步前行。我听到他的口气，像是对另一个学妹谆谆劝导，内容却让我差点喷出饭来：

“大学呢，只有几条路：学术、仕途、赚钱。我们在仕途上有优势，你看你……”

然而，阿孔却再也没能看到这位被劝导的学妹竞选。大三的暑假，他在老家出了车祸，一家人都在车上。我赶了一夜的硬座火车，又打了一百多公里的出租，还是没赶上葬礼上的最后一面。两年前，我又一次路过他所在的城市，之前存的他亲戚的号码都失效了。几经打探，他的高中同学们隐约地希望我不要去打扰他唯一生存下来的母亲，只好作罢。

阿孔刚去世的时候，我见到他的亲戚，安慰他们。亲戚都反复强调，阿孔高中就是好孩子，品学兼优，还是班级干部，帮老师分忧。他们问我阿孔大学时候表现怎样，我没有多说，只说："挺好的。"

我想，人们不理解阿孔，其实他根本不喜欢品学兼优的刻板印象。大学的同学也不太明白，为什么阿孔有时候那么板着面孔，有时候又躁动得像是音乐会现场的摇滚歌手。只有我知道，那是他的一种选择，一种他认为体面的青春方式。没有谁对此有充足的经验，它像是一个反预设的命题，你只能在选择之后评价是否值得，而不是相反。

我很想有一天，自己再坐在他的墓前，和他悄悄说说话。我只想问他，如果再回到那个天台的夜晚，阿孔，你会怎么选？

图书在版编目（CIP）数据

少年兽 / 杜修琪著. —北京：北京联合出版公司，2016.8

ISBN 978-7-5502-8165-3

Ⅰ. ①少… Ⅱ. ①杜… Ⅲ. ①故事－作品集－中国－当代 Ⅳ. ①I247.8

中国版本图书馆CIP数据核字（2016）第162110号

少年兽

作　　者：杜修琪
责任编辑：崔保华
产品经理：梅　子
特约编辑：黄川川　梅　子
营销支持：王筱雅　梁　爽　车嘉宁

北京联合出版公司出版
（北京市西城区德外大街83号楼9层　100088）
北京联合天畅发行公司发行
北京山华苑印刷有限责任公司印刷　新华书店经销
字数：145千字　880mm × 1230mm　1/32　印张：8.25
2016年11月第1版　2016年11月第1次印刷
ISBN 978-7-5502-8165-3
定价：38.00元